且读

07

朱自清

散文精读

朱自清 著

浙江人民出版社

图书在版编目（CIP）数据

散文精读．朱自清 / 朱自清著．—杭州 ：浙江人民出版社，2018.6（2021.11重印）

ISBN 978-7-213-08767-7

Ⅰ．①散…　Ⅱ．①朱…　Ⅲ．①散文集-中国-现代　Ⅳ．①I26

中国版本图书馆CIP数据核字(2018)第108699号

散文精读·朱自清

朱自清　著

出版发行：浙江人民出版社（杭州市体育场路347号　邮编　310006）
市场部电话：(0571)85061682　85176516

责任编辑：余慧琴
营销编辑：陈雯怡　陈芊如
责任校对：戴文英
责任印务：陈　峰
封面设计：观止堂_未氓
电脑制版：杭州天一图文制作有限公司
印　　刷：杭州富春印务有限公司
开　　本：880毫米×1230毫米　1/32　　印　　张：6.625
字　　数：122千字　　插　　页：4
版　　次：2018年6月第1版　　印　　次：2021年11月第8次印刷
书　　号：ISBN 978-7-213-08767-7
定　　价：32.00元

朱自清

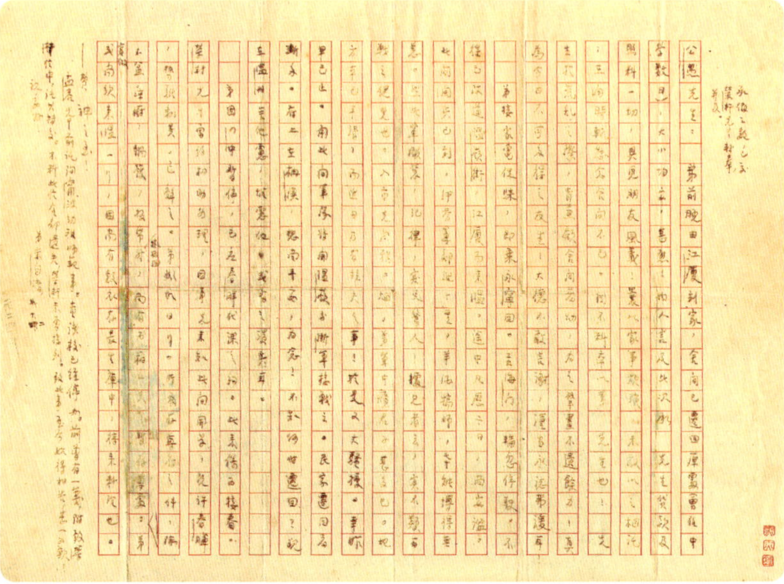

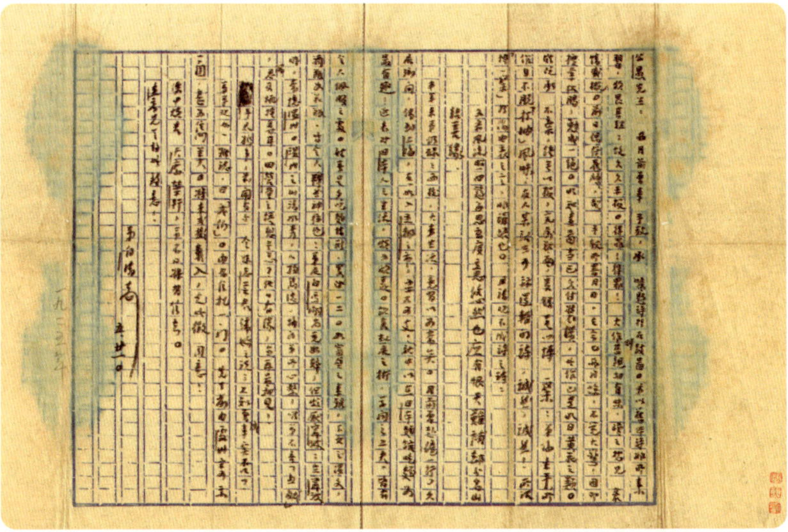

1 | 3
2 | 4

❶❷ 朱自清手稿

❸ 朱自清旧居

❹ 朱自清旧居内部陈设

朱自清画像（马胜凯作画，马亦钊题词）

注：图片均由浙江温州朱自清旧居陈列馆提供。

目录

抒情

散文精读·朱自清

人物

散文精读·朱自清

游记

抒情

匆　匆

燕子去了，有再来的时候；杨柳枯了，有再青的时候；桃花谢了，有再开的时候。但是，聪明的，你告诉我，我们的日子为什么一去不复返呢？——是有人偷了他们罢：那是谁？又藏在何处呢？是他们自己逃走了罢：现在又到了哪里呢？

我不知道他们给了我多少日子；但我的手确乎是渐渐空虚了。在默默里算着，八千多日子已经从我手中溜去；像针尖上一滴水滴在大海里，我的日子滴在时间的流里，没有声音，也没有影子。我不禁头涔涔而泪潸潸了。

去的尽管去了，来的尽管来着；去来的中间，又怎样地匆匆呢？早上我起来的时候，小屋里射进两三方斜斜的太阳。太阳他有脚啊，轻轻悄悄地挪移了；我也茫茫然跟着旋转。于是——洗手的时候，日子从水盆里过去；吃饭的时候，日子从饭碗里过去；默默时，便从凝然的双眼前过去。我觉察他去得匆匆了，伸出手遮挽时，他又从遮挽着的手边过去，天黑时，我躺在床上，他便伶伶俐俐地从我身上跨过，从我脚边飞去了。等我睁开眼和太阳再见，这算又溜走了一日。我掩着面叹息。但是新来的日子的影儿又开始在叹息里闪过了。

在逃去如飞的日子里，在千门万户的世界里的我能做些什么呢？只有徘徊罢了，只有匆匆罢了；在八千多日的匆匆里，除徘徊外，又剩些什么呢？过去的日子如轻烟，被微风吹散了，如薄雾，被初阳蒸融了；我留着些什么痕迹呢？我何曾留着像游丝样的痕迹呢？我赤裸裸来到这世界，转眼间也将赤裸裸地回去罢？但不能平的，为什么偏要白白走这一遭啊？

你聪明的，告诉我，我们的日子为什么一去不复返呢？

一九二二年三月二十八日

冬　天

说起冬天，忽然想到豆腐。是一“小洋锅”（铝锅）白煮豆腐，热腾腾的。水滚着，像好些鱼眼睛，一小块一小块豆腐养在里面，嫩而滑，仿佛反穿的白狐大衣。锅在“洋炉子”（煤油不打气炉）上，和炉子都熏得乌黑乌黑，越显出豆腐的白。这是晚上，屋子老了，虽点着“洋灯”，也还是阴暗。围着桌子坐的是父亲跟我们哥儿三个。“洋炉子”太高了，父亲得常常站起来，微微地仰着脸，觑着眼睛，从氤氲的热气里伸进筷子，夹起豆腐，一一地放在我们的酱油碟里。我们有时也自己动手，但炉子实在太高了，总还是坐享其成的多。这并不是吃饭，只是玩儿。父亲说晚上冷，吃了大家暖和些。我们都喜欢这种白水豆腐；一上桌就眼巴巴望着那锅，等着那热气，等着热气里从父亲筷子上掉下来的豆腐。

又是冬天，记得是阴历十一月十六晚上，跟S君P君在西湖里坐小划子。S君刚到杭州教书，事先来信说：“我们要游西湖，不管它是冬天。”那晚月色真好，现在想起来还像照在身上。本来前一晚是“月当头”；也许十一月的月亮真有些特别吧。那时九点多了，湖上似乎只有我们一只划子。有点风，月光照着软软的水波；当间那一溜儿反光，像新砑的银子。湖上的山只剩了淡淡的影子。山下偶尔有一两星灯火。S君口占两句诗道：“数星灯火认渔村，淡墨轻描远黛痕。”我们都不大说话，只有均匀的桨声。我渐渐地快睡着了。P君“喂”了一下，才抬起眼皮，看见他在微笑。船夫问要不要上净寺去；是阿弥陀佛生日，那边蛮热闹的。到了寺里，殿上灯烛辉煌，满是佛婆念佛的声音，好像醒了一场梦。这已是十多年前的事了，S君还常常通着信，P君听说转变了好几次，前年是在一个特税局里收特税了，以后便没有消息。

在台州过了一个冬天，一家四口子。台州是个山城，可以说在一个大谷里。只有一条二里长的大街。别的路上白天简直不大见人；晚上一片漆黑。偶尔人家窗户里透出一点灯光，还有走路的拿着的火把；但那是少极了。我们住在山脚下。有的是山上松林里的风声，跟天上一只两只的鸟影。夏末到那里，春初便走，却好像老在过着冬天似的；可是即便真冬天也并不冷。我们住在楼上，书房临着大路；路上有人说话，可以清清楚楚地听见。但因为走路的人太少了，间或有点说话的声音，听起来还只当远风送来的，想不到就在窗外。我们是外路人，除上学校去之外，常只在家里坐着。妻也惯了那寂寞，只和我们爷儿们守着。外边虽老是冬天，家里却老是春天。有一回我上街去，回来的时候，楼下厨房的大方窗开着，并排地挨着他们母子三个；三张脸都带着天真微笑地向着我。似乎台州空空的，只有我们四人；天地空空的，也只有我们四人。那时是民国十年，妻刚从家里出来，满自在。现在她死了快四年了，我却还老记着她那微笑的影子。

无论怎么冷，大风大雪，想到这些，我心上总是温暖的。

背　影

我与父亲不相见已二年余了，我最不能忘记的是他的背影。那年冬天，祖母死了，父亲的差使也交卸了，正是祸不单行的日子，我从北京到徐州，打算跟着父亲奔丧回家。到徐州见着父亲，看见满院狼藉的东西，又想起祖母，不禁簌簌地流下眼泪。父亲说："事已如此，不必难过，好在天无绝人之路！"

回家变卖典质，父亲还了亏空；又借钱办了丧事。这些日子，家中光景很是惨淡，一半为了丧事，一半为了父亲赋闲。丧事完毕，父亲要到南京谋事，我也要回北京念书，我们便同行。

到南京时，有朋友约去游逛，勾留了一日；第二日上午便须渡江到浦口，下午上车北去。父亲因为事忙，本已说定不送我，叫旅馆里一个熟识的茶房陪我同去。他再三嘱咐茶房，甚是仔细。但他终于不放心，怕茶房不妥帖；颇踌躇了一会。其实我那年已二十岁，北京已来往过两三次，是没有甚么要紧的了。他踌躇了一会，终于决定还是自己送我去。我两三回劝他不必去；他只说："不要紧，他们去不好！"

我们过了江，进了车站。我买票，他忙着照看行李。行李太多了，得向脚夫行些小费，才可过去。他便又忙着和他们讲价钱。我那时真是聪明过分，总觉他说话不大漂亮，非自己插嘴不可。但他终于讲定了价钱；就送我上车。他给我拣定了靠车门的一张椅子；我将他给我做的紫毛大衣铺好座位。他嘱我路上小心，夜里警醒些，不要受凉。又嘱托茶房好好照应我。我心里暗笑他的迂；他们只认得钱，托他们真是白托！而且我这样大年纪的人，难道还不能料理自己么？唉，我现在想想，那时真是太聪明了！

我说道："爸爸，你走吧。"他望车外看了看，说："我买几个橘子去。你就在此地，不要走动。"我看那边月台的栅栏外有几个卖东西的等着顾客。走到那边月台，须穿过铁道，须跳下去又爬上去。父亲是一个胖子，走过去自然要费事些。我本来要去的，他不肯，只好让他去。我看见他戴着黑布小帽，穿着黑布大马褂，深青布棉袍，蹒跚地走到铁道边，慢慢探身下去，尚不大难。可是他穿过铁道，要爬上那边月台，就不容易了。他用两手攀着上面，两脚再向上缩；他肥胖的身子向左微倾，显出努力的样子。这时我看见他的背影，我的泪很快地流下来了。我赶紧拭干了泪，怕他看见，也怕别人看见。我再向外看时，他已抱了朱红的橘子往回走了。过铁道时，他先将橘子散放在地上，自己慢慢爬下，再抱起橘子走。到这边时，我赶紧去搀他。他和我走到车上，将橘子一股脑儿放在我的皮大衣上。于是扑扑衣上的泥土，心里很轻松似的，过一会说："我走了；到那边来信！"我望着他走出去。他走了几步，回过头看见我，说："进去吧，里边没人。"等他的背影混入来来往往的人里，再找不着了，我便进来坐下，我的眼泪又来了。

近几年来，父亲和我都是东奔西走，家中光景是一日不如一日。他少年出外谋生，独力支持，做了许多大事。哪知老境却如此颓唐！他触目伤怀，自然情不能自已。情郁于中，自然要发之于外；家庭琐屑便往往触他之怒。他待我渐渐不同往日。但最近两年的不见，他终于忘却我的不好，只是惦记着我，惦记着我的儿子。我北来后，他写了一信给我，信中说道："我身体平安，惟膀子疼痛利害，举箸提笔，诸多不便，大约大去之期不远矣。"我读到此处，在晶莹的泪光中，又看见那肥胖的、青布棉袍、黑布马褂的背影。唉！我不知何时再能与他相见！

一九二五年十月于北京

给亡妇

谦，日子真快，一眨眼你已经死了三个年头了。这三年里世事不知变化了多少回，但你未必注意这些个，我知道。你第一惦记的是你几个孩子，第二便轮着我。孩子和我平分你的世界，你在日如此；你死后若还有知，想来还如此的。告诉你，我夏天回家来着：迈儿长得结实极了，比我高一个头。闰儿父亲说是最乖，可是没有先前胖了。采芷和转子都好。五儿全家夸她长得好看；却在腿上生了湿疮，整天坐在竹床上不能下来，看了怪可怜的。六儿，我怎么说好，你明白，你临终时也和母亲谈过，这孩子是只可以养着玩儿的，他左挨右挨去年春天，到底没有挨过去。这孩子生了几个月，你的肺病就重起来了。我劝你少亲近他，只监督着老妈子照管就行。你总是忍不住，一会儿提，一会儿抱的。可是你病中为他操的那一份儿心也够瞧的。那一个夏天他病的时候多，你成天儿忙着，汤呀，药呀，冷呀，暖呀，连觉也没有好好儿睡过。哪里有一分一毫想着你自己。瞧着他硬朗点儿你就乐，干枯的笑容在黄蜡般的脸上，我只有暗中叹气而已。

从来想不到做母亲的要像你这样。从迈儿起，你总是自己喂乳，一连四个都这样。你起初不知道按钟点儿喂，后来知道了，却又弄不惯；孩子们每夜里几次将你哭醒了，特别是闷热的夏季。我瞧你的觉老没睡足。白天里还得做菜，照料孩子，很少得空儿。你的身子本来坏，四个孩子就累你七八年。到了第五个，你自己实在不成了，又没乳，只好自己喂奶粉，另雇老妈子专管她。但孩子跟老妈子睡，你就没有放过心；夜里一听见哭，就竖起耳朵听，工夫一大就得过去看。十六年初，和你到北京来，将迈儿、转子留在家里；三年多还不能去接他们，可真把你惦记苦了。你并不常提，我却明白。你后来说你的病就是惦记出来的；那个自然也有份儿，不过大半还是养育孩子累的。你的短短的十二年结婚生活，有十一年耗费在孩子们身上；而你一点不厌倦，有多少力量用多少，一直到自己毁灭为止。你对孩子一般儿爱，不问男的女的，大的小的。也不想到什么“养儿防老，积谷防饥”，只拼命地爱去。你对于教育老实说有些外行，孩子们只要吃得好玩得好就成了。这也难怪你，你自己便是这样长大的。况且孩子们原都还小，吃和玩本来也要紧的。你病重的时候最放不下的还是孩子。病的只剩皮包着骨头了，总不信自己不会好；老说：“我死了，这一大群孩子可苦了。”后来说送你回家，你想着可以看见迈儿和转子，也愿意；你万不想到会一走不返的。我送车的时候，你忍不住哭了，说："还不知能不能再见？"可怜，你的心我知道，你满想着好好儿带着六个孩子回来见我的。谦，你那时一定这样想，一定的。

除了孩子，你心里只有我。不错，那时你父亲还在；可是你母亲死了，他另有个女人，你老早就觉得隔了一层似的。出嫁后第一年你虽还一心一意依恋着他老人家，到第二年上我和孩子可就将你的心占住，你再没有多少工夫惦记他了。你还记得第一年我在北京，你在家里。家里来信说你待不住，常回娘家去。我动气了，马上写信责备你。你叫人写了一封复信，说家里有事，不能不回去。这是你第一次也可以说第末次的抗议，我从此就没给你写信。暑假时带了一肚子主意回去，但见了面，看你一脸笑，也就拉倒了。打这时候起，你渐渐从你父亲的怀里跑到我这儿。你换了金镯子帮助我的学费，叫我以后还你；但直到你死，我没有还你。你在我家受了许多气，又因为我家的缘故受你家里的气，你都忍着。这全为的是我，我知道。那回我从家乡一个中学半途辞职出走。家里人讽你也走。哪里走！只得硬着头皮往你家去。那时你家像个冰窖子，你们在窖里足足住了三个月。好容易我才将你们领出来了，一同上外省去。小家庭这样组织起来了。你虽不是什么阔小姐，可也是自小娇生惯养的，做起主妇来，什么都得干一两手；你居然做下去了，而且高高兴兴地做下去了。菜照例满是你做，可是吃的都是我们；你至多夹上两三筷子就算了。你的菜做得不坏，有一位老在行大大地夸奖过你。你洗衣服也不错，夏天我的绸大褂大概总是你亲自动手。你在家老不乐意闲着；坐前几个“月子”，老是四五天就起床，说是躺着家里事没条没理的。其实你起来也还不是没条理；咱们家那么多孩子，哪儿来条理？在浙江住的时候，逃过两回兵难，我都在北平。真亏你领着母亲和一群孩子东藏西躲的；末一回还要走多少里路，翻一道大岭。这两回差不多只靠你一个人。你不但带了母亲和孩子们，还带了我一箱箱的书；你知道我是最爱书的。在短短的十二年里，你操的心比人家一辈子还多；谦，你那样身子怎么经得住！你将我的责任一股脑儿担负了去，压死了你；我如何对得起你！

你为我的捞什子书也费了不少神；第一回让你父亲的男佣人从家乡捎到上海去。他说了几句闲话，你气得在你父亲面前哭了。第二回是带着逃难，别人都说你傻子。你有你的想头：“没有书怎么教书？况且他又爱这个玩意儿。”其实你没有晓得，那些书丢了也并不可惜；不过教你怎么晓得，我平常从来没和你谈过这些个！总而言之，你的心是可感谢的。这十二年里你为我吃的苦真不少，可是没有过几天好日子。我们在一起住，算来也还不到五个年头。无论日子怎么坏，无论是离是合，你从来没对我发过脾气，连一句怨言也没有。——别说怨我，就是怨命也没有过。老实说，我的脾气可不大好，迁怒的事儿有的是。那些时候你往往抽噎着流眼泪，从不回嘴，也不号啕。不过我也只信得过你一个人，有些话我只和你一个人说，因为世界上只你一个人真关心我，真同情我。你不但为我吃苦，更为我分苦；我之有我现在的精神，大半是你给我培养着的。这些年来我很少生病。但我最不耐烦生病，生了病就呻吟不绝，闹那伺候病的人。你是领教过一回的，那回只一两点钟，可是也够麻烦了。你常生病，却总不开口，挣扎着起来；一来怕搅我，二来怕没人做你那份儿事。我有一个坏脾气，怕听人生病，也是真的。后来你天天发烧，自己还以为南方带来的疟疾，一直瞒着我。明明躺着，听见我的脚步，一骨碌就坐起来。我渐渐有些奇怪，让大夫一瞧，这可糟了，你的一个肺已烂了一个大窟窿了！大夫劝你到西山去静养，你丢不下孩子，又舍不得钱；劝你在家里躺着，你也丢不下那份儿家务。越看越不行了，这才送你回去。明知凶多吉少，想不到只一个月工夫你就完了！本来盼望还见得着你，这一来可拉倒了。你也何尝想到这个？父亲告诉我，你回家独住着一所小住宅，还嫌没有客厅，怕我回去不便哪。

前年夏天回家，上你坟上去了。你睡在祖父母的下首，想来还不孤单的。只是当年祖父母的坟太小了，你正睡在圹底下。这叫做“抗圹”，在生人看来是不安心的；等着想办法哪。那时圹上圹下密密地长着青草，朝露浸湿了我的布鞋。你刚埋了半年多，只有圹下多出一块土，别的全然看不出新坟的样子。我和隐今夏回去，本想到你的坟上来；因为她病了没来成。我们想告诉你，五个孩子都好，我们一定尽心教养他们，让他们对得起死了的母亲——你！谦，好好儿放心安睡吧，你。

一九三二年十月十一日

儿　女

我现在已是五个儿女的父亲了。想起圣陶喜欢用的“蜗牛背了壳”的比喻，便觉得不自在。新近一位亲戚嘲笑我说：“要剥层皮呢！”更有些悚然了。十年前刚结婚的时候，在胡适之先生的《藏晖室札记》里，见过一条，说世界上有许多伟大的人物是不结婚的；文中并引培根的话：“有妻子者，其命定矣。”当时确吃了一惊，仿佛梦醒一般；但是家里已是不由分说给娶了媳妇，又有甚么可说？现在是一个媳妇，跟着来了五个孩子；两个肩头上，加上这么重一副担子，真不知怎样走才好。“命定”是不用说了；从孩子们那一面说，他们该怎样长大，也正是可以忧虑的事。我是个彻头彻尾自私的人，做丈夫已是勉强，做父亲更是不成。自然，“子孙崇拜”“儿童本位”的哲理或伦理，我也有些知道；既做着父亲，闭了眼抹杀孩子们的权利，知道是不行的。可惜这只是理论，实际上我是仍旧按照古老的传统，在野蛮地对付着，和普通的父亲一样。近来差不多是中年的人了，才渐渐觉得自己的残酷；想着孩子们受过的体罚和叱责，始终不能辩解——像抚摩着旧创痕那样，我的心酸溜溜的。有一回，读了有岛武郎《与幼小者》的译文，对了那种伟大的、沉挚的态度，我竟流下泪来了。去年父亲来信，问起阿九，那时阿九还在白马湖呢；信上说：“我没有耽误你，你也不要耽误他才好。”我为这句话哭了一场；我为什么不像父亲的仁慈？我不该忘记，父亲怎样待我们来着！人性许真是二元的，我是这样的矛盾；我的心像钟摆似地来去。

你读过鲁迅先生的《幸福的家庭》么？我的便是那一类的“幸福的家庭”！每天午饭和晚饭，就如两次潮水一般。先是孩子们你来他去地在厨房与饭间里查看，一面催我或妻发“开饭”的命令。急促繁碎的脚步，夹着笑和嚷，一阵阵袭来，直到命令发出为止。他们一个递一个地跑着喊着，将命令传给厨房里佣人；便立刻抢着回来搬凳子。于是这个说：“我坐这儿！”那个说：“大哥不让我！”大哥却说：“小妹打我！”我给他们调解，说好话。但是他们有时候很固执，我有时候也不耐烦，这便用着叱责了；叱责还不行，不由自主地，我的沉重的手掌便到他们身上了。于是哭的哭，坐的坐，局面才算定了。可接着又你要大碗，他要小碗，你说红筷子好，他说黑筷子好；这个要干饭，那个要稀饭，要茶要汤，要鱼要肉，要豆腐，要萝卜；你说他菜多，他说你菜好。妻是照例安慰着他们，但这显然是太迂缓了。我是个暴躁的人，怎么等得及？不用说，用老法子将他们立刻征服了；虽然有哭的，不久也就抹着泪捧起碗了。吃完了，纷纷爬下凳子，桌上是饭粒呀，汤汁呀，骨头呀，渣滓呀，加上纵横的筷子、欹斜的匙子，就如一块花花绿绿的地图模型。吃饭而外，他们的大事便是游戏。游戏时，大的有大主意，小的有小主意，各自坚持不下，于是争执起来；或者大的欺负了小的，或者小的竟欺负了大的，被欺负的哭着嚷着，到我或妻的面前诉苦；我大抵仍旧要用老法子来判断的，但不理的时候也有。最为难的，是争夺玩具的时候：这一个的与那一个的是同样的东西，却偏要那一个的；而那一个便偏不答应。在这种情形之下，不论如何，终于是非哭了不可的。这些事件自然不至于天天全有，但大致总有好些起。我若坐在家里看书或写什么东西，管保一点钟里要分几回心，或站起来一两次的。若是雨天或礼拜日，孩子们在家的多，那么，摊开书竟看不下一行，提起笔也写不出一个字的事，也有过的。我常和妻说："我们家真是成日的千军万马呀！"有时是不但"成日"，连夜里也有兵马在进行着，在有吃乳或生病的孩子的时候！

我结婚那一年，才十九岁。二十一岁，有了阿九；二十三岁，又有了阿菜。那时我正像一匹野马，哪能容忍这些累赘的鞍鞯、辔头和缰绳？摆脱也知是不行的，但不自觉地时时在摆脱着。现在回想起来，那些日子，真苦了这两个孩子；真是难以宽宥的种种暴行呢！阿九才两岁半的样子，我们住在杭州的学校里。不知怎地，这孩子特别爱哭，又特别怕生人。一不见了母亲，或来了客，就哇哇地哭起来了。学校里住着许多人，我不能让他扰着他们，而客人也总是常有的；我懊恼极了，有一回，特地骗出了妻，关了门，将他按在地下打了一顿。这件事，妻到现在说起来，还觉得有些不忍；她说我的手太辣了，到底还是两岁半的孩子！我近年常想着那时的光景，也觉黯然。阿菜在台州，那是更小了；才过了周岁，还不大会走路。也是为了缠着母亲的缘故吧，我将她紧紧地按在墙角里，直哭喊了三四分钟；因此生了好几天病。妻说，那时真寒心呢！但我的苦痛也是真的。我曾给圣陶写信，说孩子们的折磨，实在无法奈何；有时竟觉着还是自杀的好。这虽是气愤的话，但这样的心情，确也有过的。后来孩子是多起来了，磨折也磨折得久了，少年的锋棱渐渐地钝起来了；加以增长的年岁增长了理性的裁制力，我能够忍耐了——觉得从前真是一个“不成材的父亲”，如我给另一个朋友信里所说。但我的孩子们在幼小时，确比别人的特别不安静，我至今还觉如此。我想这大约还是由于我们抚育不得法；从前只一味地责备孩子，让他们代我们负起责任，却未免是可耻的残酷了！

正面意义的“幸福”，其实也未尝没有。正如谁所说，小的总是可爱，孩子们的小模样、小心眼儿，确有些教人舍不得的。阿毛现在五个月了，你用手指去拨弄她的下巴，或向她做趣脸，她便会张开没牙的嘴格格地笑，笑得像一朵正开的花。她不愿在屋里待着；待久了，便大声儿嚷。妻常说：“姑娘又要出去溜达了。”她说她像鸟儿般，每天总得到外面溜一些时候。闰儿上个月刚过了三岁，笨得很，话还没有学好呢。他只能说三四个字的短语或句子，文法错误，发音模糊，又得费气力说出；我们老是要笑他的。他说“好”字，总变成“小”字；问他“好不好?”他便说“小”，或“不小”。我们常常逗着他说这个字玩儿；他似乎有些觉得，近来偶然也能说出正确的“好”字了——特别在我们故意说成“小”字的时候。他有一只搪瓷碗，是一毛来钱买的；买来时，老妈子教给他：“这是一毛钱。”他便记住“一毛”两个字，管那只碗叫“一毛”，有时竟省称为“毛”。这在新来的老妈子，是必需翻译了才懂的。他不好意思，或见着生客时，便咧着嘴痴笑；我们常用了土话，叫他做“呆瓜”。他是个小胖子，短短的腿，走起路来，蹒跚可笑；若快走或跑，便更“好看”了。他有时学我，将两手叠在背后，一摇一摆的；那是他自己和我们都要乐的。他的大姊便是阿菜，已是七岁多了，在小学校里念着书。在饭桌上，一定得啰啰唆唆地报告些同学或他们父母的事情；气喘喘地说着，不管你爱听不爱听。说完了总问我：“爸爸认识么?”“爸爸知道么?”妻常禁止她吃饭时说话，所以她总是问我。她的问题真多：看电影便问电影里的是不是人？是不是真人？怎么不说话？看照相也是一样。不知谁告诉她，兵是要打人的。她回来便问，兵是人么？为什么打人？近来大约听了先生的话，回来又问张作霖的兵是帮谁的？蒋介石的兵是不是帮我们的？诸如此类的问题，每天短不了，常常闹得我不知怎样答才行。她和闰儿在一处玩儿，一大一小，不很合式，老是吵着哭着。但合式的时候也有：譬如这个往床底下躲，那个便钻进去追着；这个钻出来，那个也跟着——从这个床到那个床，只听见笑着，嚷着，喘着，真如妻所说，像小狗似的。现在在京的，便只有这三个孩子；阿九和转儿是去年北来时，让母亲暂时带回扬州去了。

阿九是欢喜书的孩子。他爱看《水浒传》《西游记》《三侠五义》《小朋友》等；没有事便捧着书坐着或躺着看。只不欢喜《红楼梦》，说是没有味儿。是的，《红楼梦》的味儿，一个十岁的孩子，哪里能领略呢？去年我们事实上只能带两个孩子来；因为他大些，而转儿是一直跟着祖母的，便在上海将他俩丢下。我清清楚楚记得那分别的一个早上。我领着阿九从二洋泾桥的旅馆出来，送他到母亲和转儿住着的亲戚家去。妻嘱咐说："买点吃的给他们吧。"我们走过四马路，到一家茶食铺里。阿九说要熏鱼，我给买了；又买了饼干，是给转儿的。便乘电车到海宁路。下车时，看着他的害怕与累赘，很觉恻然。到亲戚家，因为就要回旅馆收拾上船，只说了一两句话便出来；转儿望望我，没说什么，阿九是和祖母说什么去了。我回头看了他们一眼，硬着头皮走了。后来妻告诉我，阿九背地里向她说："我知道爸爸欢喜小妹，不带我上北京去。"其实这是冤枉的。他又曾和我们说："暑假时一定来接我啊！"我们当时答应着；但现在已是第二个暑假了，他们还在迢迢的扬州待着。他们是恨着我们呢？还是惦着我们呢？妻是一年来老放不下这两个，常常独自暗中流泪；但我有什么法子呢！想到“只为家贫成聚散”一句无名的诗，不禁有些凄然。转儿与我较生疏些。但去年离开白马湖时，她也曾用了生硬的扬州话（那时她还没有到过扬州呢），和那特别尖的小嗓子向着我：“我要到北京去。”她晓得什么北京，只跟着大孩子们说罢了；但当时听着，现在想着的我，却真是抱歉呢。这兄妹俩离开我，原是常事，离开母亲，虽也有过一回，这回可是太长了；小小的心儿，知道是怎样忍耐那寂寞来着！

我的朋友大概都是爱孩子的。少谷有一回写信责备我，说儿女的吵闹，也是很有趣的，何至可厌到如我所说；他说他真不解。子恺为他家华瞻写的文章，真是“蔼然仁者之言”。圣陶也常常为孩子操心：小学毕业了，到什么中学好呢？——这样的话，他和我说过两三回了。我对他们只有惭愧！可是近来我也渐渐觉着自己的责任。我想，第一该将孩子们团聚起来，其次便该给他们些力量。我亲眼见过一个爱儿女的人，因为不曾好好地教育他们，便将他们荒废了。他并不是溺爱，只是没有耐心去料理他们，他们便不能成材了。我想我若照现在这样下去，孩子们也便危险了。我得计划着，让他们渐渐知道怎样去做人才行。但是要不要他们像我自己呢？这一层，我在白马湖教初中学生时，也曾从师生的立场上问过丏尊，他毫不踌躇地说："自然啰。"近来与平伯谈起教子，他却答得妙："总不希望比自己坏啰。"是的，只要不"比自己坏"就行，"像"不"像"倒是不在乎的。职业、人生观等，还是由他们自己去定的好；自己顶可贵，只要指导，帮助他们去发展自己，便是极贤明的办法。

予同说："我们得让子女在大学毕了业，才算尽了责任。"SK说："不然，要看我们的经济、他们的材质与志愿；若是中学毕了业，不能或不愿升学，便去做别的事，譬如做工人吧，那也并非不行的。"自然，人的好坏与成败，也不尽靠学校教育；说是非大学毕业不可，也许只是我们的偏见。在这件事上，我现在毫不能有一定的主意；特别是这个变动不居的时代，知道将来怎样？好在孩子们还小，将来的事且等将来吧。目前所能做的，只是培养他们基本的力量——胸襟与眼光；孩子们还是孩子们，自然说不上高的远的，慢慢从近处小处下手便了。这自然也只能先按照我自己的样子："神而明之，存乎其人"，光辉也罢，倒霉也罢，平凡也罢，让他们各尽各的力去。我只希望如我所想的，从此好好地做一回父亲，便自称心满意。——想到那"狂人""救救孩子"的呼声，我怎敢不悚然自勉呢？

一九二八年六月二十四日晚于北京清华园

春

盼望着，盼望着，东风来了，春天的脚步近了。

一切都像刚睡醒的样子，欣欣然张开了眼。山朗润起来了，水涨起来了，太阳的脸红起来了。

小草偷偷地从土里钻出来，嫩嫩的，绿绿的。园子里，田野里，瞧去，一大片一大片满是的。坐着，躺着，打两个滚，踢几脚球，赛几趟跑，捉几回迷藏。风轻悄悄的，草软绵绵的。

桃树、杏树、梨树，你不让我，我不让你，都开满了花赶趟儿。红的像火，粉的像霞，白的像雪。花里带着甜味，闭了眼，树上仿佛已经满是桃儿、杏儿、梨儿！花下成千成百的蜜蜂嗡嗡地闹着，大小的蝴蝶飞来飞去。野花遍地是：杂样儿，有名字的，没名字的，散在草丛里，像眼睛，像星星，还眨呀眨的。

“吹面不寒杨柳风”，不错的，像母亲的手抚摸着你。风里带来些新翻的泥土的气息，混着青草味，还有各种花的香，都在微微润湿的空气里酝酿。鸟儿将窠巢安在繁花嫩叶当中，高兴起来了，呼朋引伴地卖弄清脆的喉咙，唱出宛转的曲子，跟轻风流水应和着。牛背上牧童的短笛，这时候也成天在嘹亮地响。

雨是最寻常的，一下就是三两天。可别恼，看，像牛毛，像花针，像细丝，密密地斜织着，人家屋顶上全笼着一层薄烟。树叶子却绿得发亮，小草也青得逼你的眼。傍晚时候，上灯了，一点点黄晕的光，烘托出一片安静而和平的夜。乡下，小路上，石桥边，撑起伞慢慢走着的人；在去地里工作的农夫，披着蓑戴着笠。他们的房屋，稀稀疏疏的，在雨里静默着。

天上风筝渐渐多了，地上孩子也多了。城里乡下，家家户户，老老小小，他们也赶趟儿似的，一个个都出来了。舒活舒活筋骨，抖擞抖擞精神，各做各的一份事去。“一年之计在于春”，刚起头儿，有的是工夫，有的是希望。

春天像刚落地的娃娃，从头到脚都是新的，它生长着。

春天像小姑娘，花枝招展的，笑着，走着。

春天像健壮的青年，有铁一般的胳膊和腰脚，他领着我们上前去。

歌　声

昨晚中西音乐歌舞大会里“中西丝竹和唱”的三曲清歌，真令我神迷心醉了。

仿佛一个暮春的早晨，霏霏的毛雨默然洒在我脸上，引起润泽、轻松的感觉。新鲜的微风吹动我的衣袂，像爱人的鼻息吹着我的手一样。我立的一条白矾石的甬道上，经了那细雨，正如涂了一层薄薄的乳油；踏着只觉越发滑腻可爱了。

这是在花园里。群花都还做她们的清梦。那微雨偷偷洗去她们的尘垢，她们的甜软的光泽便自焕发了。在那被洗去的浮艳下，我能看到她们在有日光时所深藏着的恬静的红、冷落的紫，和苦笑的白与绿。以前锦绣般在我眼前的，现在都带了黯淡的颜色。——是愁着芳春的销歇么？是感着芳春的困倦么？

大约也因那濛濛的雨，园里没了秾郁的香气。涓涓的东风只吹来一缕缕饿了似的花香；夹带着些潮湿的草丛的气息和泥土的滋味。园外田亩和沼泽里，又时时送过些新插的秧、少壮的麦，和成荫的柳树的清新的蒸气。这些虽非甜美，却能强烈地刺激我的鼻观，使我有愉快的倦怠之感。

看啊，那都是歌中所有的：我用耳，也用眼、鼻、舌、身，听着；也用心唱着。我终于被一种健康的麻痹袭取了。于是为歌所有。此后只由歌独自唱着，听着；世界上便只有歌声了。

一九二一年十一月三日于上海

说　梦

伪《列子》里有一段梦话，说得甚好：

> 周之尹氏大治产，其下趣役者，侵晨昏而不息。有老役夫筋力竭矣，而使之弥勤。昼则呻呼而即事，夜则昏惫而熟寐。精神荒散，昔昔梦为国君：居人民之上，总一国之事；游燕宫观，恣意所欲，其乐无比。觉则复役人……尹氏心营世事，虑钟家业，心形俱疲，夜亦昏惫而寐。昔昔梦为人仆：趋走作役，无不为也；数骂杖挞，无不至也。眠中啽呓呻呼，彻旦息焉……

此文原意是要说出“苦逸之复，数之常也；若欲觉梦兼之，岂可得邪?”这其间大有玄味，我是领略不着的；我只是断章取义地赏识这件故事的自身，所以才老远地引了来。我只觉得梦不是一件坏东西。即真如这件故事所说，也还是很有意思的。因为人生有限，我们若能夜夜有这样清楚的梦，则过了一日，足抵两日，过了五十岁，足抵一百岁；如此便宜的事，真是落得的。至于梦中的“苦乐”，则照我素人的见解，毕竟是“梦中的”苦乐，不必斤斤计较的。若必欲斤斤计较，我要大胆地说一句：他和那些在墙上贴红纸条儿，写着“夜梦不祥，书破大吉”的，同样地不懂得梦！

但庄子说道：“至人无梦。”伪《列子》里也说道：“古之真人，其觉自忘，其寝不梦。”——张湛注曰：“真人无往不忘，乃当不眠，何梦之有？”可知我们这几位先哲不甚以做梦为然，至少也总以为梦是不大高明的东西。但孔子就与他们不同，他深以“不复梦见周公”为憾；他自然是爱做梦的，至少也是不反对做梦的。——殆所谓时乎做梦则做梦者欤？我觉得“至人”“真人”，毕竟没有我们的份儿，我们大可不必妄想；只看“乃当不眠”一个条件，你我能做到么？唉，你若主张或实行“八小时睡眠”，就别想做“至人”“真人”了！但是，也不用担心，还有为我们掮木梢的：我们知道，愚人也无梦！他们是一枕黑甜，哼呵到晓，一些儿梦的影子也找不着的！我们侥幸还会做几个梦，虽因此失了“至人”“真人”的资格，却也因此而得免于愚人，未尝不是运气。至于“至人”“真人”之无梦和愚人之无梦，究竟有何分别？却是一个难题。我想偷懒，还是摭拾上文说过的话来答吧：“真人……乃当不眠……”而愚人是“一枕黑甜，哼呵到晓”的！再加一句，此即孔子所谓“上智与下愚不移”也。说到孔子，孔子不反对做梦，难道也做不了“至人”“真人”？我说：“唯唯，否否！”孔子是“圣人”，自有他的特殊的地位，用不着再来争“至人”“真人”的名号了。但得知道，做梦而能梦周公，才能成其所以为圣人；我们也还是够不上格儿的。

我们终于只能做第二流人物。但这中间也还有个高低。高的如我的朋友P君：他梦见花，梦见诗，梦见绮丽的衣裳……真可算得有梦皆甜了。低的如我：我在江南时，本忝在愚人之列，照例是漆黑一团地睡到天光；不过得声明，哼呵是没有的。北来以后，不知怎样，陡然聪明起来，夜夜有梦，而且不一其梦。但我究竟是新升格的，梦尽管做，却做不着一个清清楚楚的梦！成夜地乱梦颠倒，醒来不知所云，恍然若失。最难堪的是每早将醒未醒之际，残梦依人，腻腻不去；忽然双眼一睁，如坠深谷，万象寂然——只有一角日光在墙上痴痴地等着！我此时决不起来，必凝神细想，欲追回梦中滋味于万一；但照例是想不出，只惘惘然茫茫然似乎怀念着些什么而已。虽然如此，有一点是知道的：梦中的天地是自由的，任你徜徉，任你翱翔；一睁眼却就给密密的麻绳绑上了，就大大的不同了！我现在确乎有些精神恍惚，这里所写的就够教你知道。但我不因此诅咒梦；我只怪我做梦的艺术不佳，做不着清楚的梦。若做着清楚的梦，若夜夜做着清楚的梦，我想精神恍惚也无妨的。照现在这样一大串儿糊里糊涂的梦，直是要将这个

“我”化成漆黑一团，却有些儿不便。是的，我得学些本事，今夜做他几个好好的梦。我是彻头彻尾赞美梦的，因为我是素人，而且将永远是素人。

人物

我所见的叶圣陶

我第一次与圣陶见面是在民国十年的秋天。那时刘延陵兄介绍我到吴淞炮台湾中国公学教书。到了那边，他就和我说："叶圣陶也在这儿。"我们都念过圣陶的小说，所以他这样告我。我好奇地问道："怎样一个人？"出乎我的意外，他回答我："一位老先生哩。"但是延陵和我去访问圣陶的时候，我觉得他的年纪并不老，只那朴实的服色和沉默的风度与我们平日所想象的苏州少年文人叶圣陶不甚符合罢了。

记得见面的那一天是一个阴天。我见了生人照例说不出话；圣陶似乎也如此。我们只谈了几句关于作品的泛泛的意见，便告辞了。延陵告诉我每星期六圣陶总回甪直去；他很爱他的家。他在校时常邀延陵出去散步；我因与他不熟，只独自坐在屋里。不久，中国公学忽然起了风潮。我向延陵说起一个强硬的办法；——实在是一个笨而无聊的办法！——我说只怕叶圣陶未必赞成。但是出乎我的意外，他居然赞成了！后来细想他许是有意优容我们吧；这真是老大哥的态度呢。我们的办法天然是失败了，风潮延宕下去；于是大家都住到上海来。我和圣陶差不多天天见面；同时又认识了西谛、予同诸兄。这样经过了一个月；这一个月实在是我的很好的日子。

我看出圣陶始终是个寡言的人。大家聚谈的时候，他总是坐在那里听着。他却并不是喜欢孤独，他似乎老是那么有味地听着。至于与人独对的时候，自然多少要说些话；但辩论是不来的。他觉得辩论要开始了，往往微笑着说："这个弄不大清楚了。"这样就过去了。他又是个极和易的人，轻易看不见他的怒色。他辛辛苦苦保存着的《晨报》副张，上面有他自己的文字的，特地从家里捎来给我看；让我随便放在一个书架上，给散失了。当他和我同时发见这件事时，他只略露惋惜的颜色，随即说："由他去末哉，由他去末哉！"我是至今惭愧着，因为我知道他作文是不留稿的。他的和易出于天性，并非阅历世故、矫揉造作而成。他对于世间妥协的精神是极厌恨的。在这一月中，我看见他发过一次怒；——始终我只看见他发过这一次怒——那便是对于风潮的妥协论者的蔑视。

风潮结束了，我到杭州教书。那边学校当局要我约圣陶去。圣陶来信说："我们要痛痛快快游西湖，不管这是冬天。"他来了，叫我上车站去接。我知道他到了车站这一类地方，是会觉得寂寞的。他的家实在太好了，他的衣着，一向都是家里管。我常想，他好像一个小孩子；像小孩子的天真，也像小孩子的离不开家里人。必须离开家里人时，他也得找些熟朋友伴着；孤独在他简直是有些可怕的。所以他到校时，本来是独住一屋的，却愿意将那间屋做我们两人的卧室，而将我那间做书室。这样可以常常相伴；我自然也乐意。我们不时到西湖边去；有时下湖，有时只喝喝酒。在校时各据一桌，我只预备功课，他却老是写小说和童话。初到时，学校当局来看过他。第二天，我问他："要不要去看看他们?"他皱眉道："一定要去么？等一天吧。"后来始终没有去。他是最反对形式主义的。

那时他小说的材料，是旧日的储积；童话的材料有时却是片刻的感兴。如《稻草人》中《大喉咙》一篇便是。那天早上，我们都醒在床上，听见工厂的汽笛；他便说："今天又有一篇了，我已经想好了，来得真快呵。"那篇的艺术很巧，谁想他只是片刻的构思呢！他写文字时，往往拈笔伸纸，便手不停挥地写下去，开始及中间，停笔踌躇时绝少。他的稿子极清楚，每页至多只有三五个涂改的字。他说他从来是这样的。每篇写毕，我自然先睹为快；他往往称述结尾的适宜，他说对于结尾是有些把握的。看完，他立即封寄《小说月报》；照例用平信寄。我总劝他挂号；但他说："我老是这样的。"他在杭州不过两个月，写得真不少，叫人羡慕不已。《火灾》里从《饭》起到《风潮》这七篇，还有《稻草人》中一部分，都是那时我亲眼看他写的。

在杭州待了两个月，放寒假前，他便匆匆地回去了；他实在离不开家，临去时让我告诉学校当局，无论如何不回来了。但他却到北平住了半年，也是朋友拉去的。我前些日子偶翻十一年的《晨报副刊》，看见他那时途中思家的小诗，重念了两遍，觉得怪有意思。北平回去不久，便入了商务印书馆编译部，家也搬到上海。从此在上海待下去，直到现在——中间又被朋友拉到福州一次，有一篇《将离》抒写那回的别恨，是缠绵悱恻的文字。这些日子，我在浙江乱跑，有时到上海小住，他常请了假和我各处玩儿或喝酒。有一回，我便住在他家，但我到上海，总爱出门，因此他老说没有能畅谈；他写信给我，老说这回来要畅谈几天才行。

十六年一月，我接眷北来，路过上海，许多熟朋友和我饯行，圣陶也在。那晚我们痛快地喝酒，发议论；他是照例地默着。酒喝完了，又去乱走，他也跟着。到了一处，朋友们和他开了个小玩笑；他脸上略露窘意，但仍微笑地默着。圣陶不是个浪漫的人；在一种意义上，他正是延陵所说的“老先生”。但他能了解别人，能谅解别人，他自己也能“作达”，所以仍然——也许格外——是可亲的。那晚快夜半了，走过爱多亚路，他向我诵周美成的词：“酒已都醒，如何消夜永！”我没有说什么；那时的心情，大约也不能说什么的。我们到一品香又消磨了半夜。这一回特别对不起圣陶；他是不能少睡觉的人。他家虽住在上海，而起居还依着乡居的日子；早七点起，晚九点睡。有一回我九点十分去，他家已熄了灯，关好门了。

这种自然的、有秩序的生活是对的。那晚上伯祥说："圣兄明天要不舒服了。"想起来真是不知要怎样感谢才好。

第二天我便上船走了，一眨眼三年半，没有上南方去。信也很少，却全是我的懒。我只能从圣陶的小说里看出他心境的迁变；这个我要留在另一文中说。圣陶这几年里似乎到十字街头走过一趟，但现在怎么样呢？我却不甚了然。他从前晚饭时总喝点酒，"以半醺为度"；近来不大能喝酒了，却学了吹笛——前些日子说已会一出《八阳》，现在该又会了别的了吧。他本来喜欢看看电影，现在又喜欢听听昆曲了。但这些都不是"厌世"，如或人所说的；圣陶是不会厌世的，我知道。又，他虽会喝酒，加上吹笛，却不曾抽什么"上等的纸烟"，也不曾住过什么"小小别墅"，如或人所想的，这个我也知道。

一九三〇年七月于北平清华园

房东太太

歇卜士太太（Mrs. Hibbs）没有来过中国，也并不怎样喜欢中国，可是我们看，她有中国那老味儿。她说人家笑她母女是维多利亚时代的人，那是老古板的意思；但她承认她们是的，她不在乎这个。

真的，圣诞节下午到了她那间黯淡的饭厅里，那家具，那人物，那谈话，都是古气盎然，不像在现代。这时候她还住在伦敦北郊芬乞来路（Finchley Road）。那是一条阔人家的路；可是她的房子已经抵押满期，经理人已经在她门口路边上立了一座木牌，标价招买，不过半年多还没人过问罢了。那座木牌，和篮球架子差不多大，只是低些；一走到门前，准看见。晚餐桌上，听见厨房里尖叫了一声，她忙去看了，回来说，火鸡烤枯了一点，可惜，二十二磅重，还是卖了几件家具买的呢。她可惜的是火鸡，倒不是家具；但我们一点没吃着那烤枯了的地方。

她爱说话，也会说话，一开口滔滔不绝；押房子，卖家具等等，都会告诉你。但是只高高兴兴地告诉你，至少也平平淡淡地告诉你，决不垂头丧气，决不唉声叹气。她说话是个趣味，我们听话也是个趣味（在她的话里，她死了的丈夫和儿子都是活的，她的一些住客也是活的）；所以后来虽然听了四个多月，倒并不觉得厌倦。有一回早餐时候，她说有一首诗，忘记是谁的，可以作她的墓铭，诗云：

这儿一个可怜的女人，
她在世永没有住过嘴。
上帝说她会复活，
我们希望她永不会。

其实我们倒是希望她会的。

道地的贤妻良母，她是；这里可以看见中国那老味儿。她原是个阔小姐，从小送到比利时受教育，学法文，学钢琴。钢琴大约还熟，法文可生疏了。她说街上如有法国人向她问话，她想起答话的时候，那人怕已经拐了弯儿了。结婚时得着她姑母一大笔遗产；靠着这笔遗产，她支持了这个家庭二十多年。歇卜士先生在剑桥大学毕业，一心想作诗人，成天住在云里雾里。他二十年只在家里待着，偶然教几个学生。他的诗送到剑桥的刊物上去，原稿却寄回了，附着一封客气的信。他又自己花钱印了一小本诗集，封面上注明，希望出版家采纳印行，但是并没有什么回响。太太常劝先生删诗行，譬如说，四行中可以删去三行罢；但是他不肯割爱，于是乎只好敝帚自珍了。

歇卜士先生却会说好几国话。大战后太太带了先生小姐，还有一个朋友去逛意大利；住旅馆雇船等等，全交给诗人的先生办，因为他会说意大利话。幸而没出错儿。临上火车，到了站台上，他却不见了。眼见车就要开了，太太这一急非同小可，又不会说给别人，只好教小姐去张看，却不许她远走。好容易先生钻出来了，从从容容的，原来他上"更衣室"来着。

太太最伤心她的儿子。他也是大学生，长得一表人才。大战时去从军；训练的时候偶然回家，非常爱惜那庄严的制服，从不教它有一个折儿。大战快完的时候，却来了恶消息，他尽了他的职务了。太太最伤心的是这个时候的这种消息，她在举世庆祝休战声中，迷迷糊糊过了好些日子。后来逛意大利，便是解闷儿去的。她那时甚至于该领的恤金，无心也不忍去领——等到限期已过，即使要领，可也不成了。

小姐现在是她唯一的亲人；她就为这个女孩子活着。早晨一块儿拾掇拾掇屋子，吃完了早饭，一块儿上街散步，回来便坐在饭厅里，说说话，看看通俗小说，就过了一天。晚上睡在一屋里。一星期也同出去看一两回电影。小姐大约有二十四五了，高个儿，总在五英尺十英寸左右；蟹壳脸，露牙齿，脸上倒是和和气气的。爱笑，说话也天真得像个十二三岁小姑娘。先生死后，他的学生爱利斯（Ellis）很爱歇卜士太太，几次想和她结婚，她不肯。爱利斯是个传记家，有点小名气。那回诗人德拉梅在伦敦大学院讲文学的创造，曾经提到他的书。他很高兴，在歇卜士太太晚餐桌上特意说起这个。但是太太说他的书干燥无味，他送来，她们只翻了三五页就搁在一边儿了。她说最恨猫怕狗，连书上印的狗都怕，爱利斯却养着一大堆。她女儿最爱电影，爱利斯却瞧不起电影。她的不嫁，怎么穷也不嫁，一半为了女儿。

这房子招徕住客，远在歇卜士先生在世时候。那时只收一个人，每日供早晚两餐，连宿费每星期五镑钱，合八九十元，够贵的。广告登出了，第一个来的是日本人，他们答应下了。第二天又来了个西班牙人，却只好谢绝了。从此住这所房的总是日本人多；先生死了，住客多了，后来竟有"日本房"的名字。这些日本人有一两个在外边有女人，有一个还让女人骗了，他们都回来在饭桌上报告，太太也同情地听着。有一回，一个人忽然在饭桌上谈论自由恋爱，而且似乎是冲着小姐说的。这一来太太可动了气。饭后就告诉那个人，请他另外找房住。这个人走了，可是日本人有个俱乐部，他大约在俱乐部里报告了些什么，以后日本人来住的便越过越少了。房间老是空着，太太的积蓄早完了；还只能在房子上打主意，这才抵押了出去。那时自然盼望赎回来，可是日子一天一天过去，情形并不见好。房子终于标卖，而且圣诞节后不久，便卖给一个犹太人了。她想着年头不景气，房子且没人要呢，哪知犹太人到底有钱，竟要了去，经理人限期让房。快到期了，她直说来不及。经理人又向法院告诉，法院出传票教她去。她去了，女儿搀扶着；她从来没上过堂，法官说欠钱不让房，是要坐牢的。她又气又怕，几乎昏倒在堂上；结果只得答应了加紧找房。这种种也都是为了女儿，她可一点儿不悔。

她家里先后也住过一个意大利人、一个西班牙人，都和小姐做过爱；那西班牙人并且和小姐定过婚，后来不知怎样解了约。小姐倒还惦着他，说是“身架真好看！”太太却说：“那是个坏家伙！”后来似乎还有个“坏家伙”，那是太太搬到金树台的房子里才来住的。他是英国人，叫凯德，四十多了。先是作公司兜售员，沿门兜售电气扫除器为生。有一天撞到太太旧宅里去了，他要表演扫除器给太太看，太太拦住他，说不必，她没有钱；她正要卖一批家具，老卖不出去，烦着呢。凯德说可以介绍一家公司来买；那一晚太太很高兴，想着他定是个大学毕业生。没两天，果然介绍了一家公司，将家具买去了。他本来住在他姊姊家，却搬到太太家来了。他没有薪水，全靠兜售的佣金；而电气扫除器那东西价钱很大，不容易脱手。所以便干搁起来了。这个人只是个买卖人，不是大学毕业生。大约穷了不止一天，他有个太太，在法国给人家看孩子，没钱，接不回来；住在姊姊家，也因为穷，让人家给请出来了。搬到金树台来，起初整付了一回房饭钱，后来便零碎地半欠半付，后来索性付不出了。不但不付钱，有时连午饭也要叨光。如是者两个多月，太太只得将他赶了出去。回国后接着太太的信，才知道小姐却有点喜欢凯德这个“坏蛋”，大约还跟他来往着。太太最提心这件事，小姐是她的命，她的命决不能交在一个“坏蛋”手里。

小姐在芬乞来路时，教着一个日本太太英文。那时这位日本太太似乎非常关心歇卜士家住着的日本先生们，老是问这个问那个的；见了他们，也很亲热似的。歇卜士太太瞧着不大顺眼，她想着这女人有点儿轻狂。凯德的外甥女有一回来了，一个摩登少女。她照例将手绢掖在袜带子上，拿出来用时，让太太看在眼里。后来背地里议论道：“这多不雅相！”太太在小事情上是很敏锐的。有一晚那爱尔兰女仆端菜到饭厅，没有戴白帽檐儿。太太很不高兴，告诉我们，这个侮辱了主人，也侮辱了客人。但那女仆是个贪婪的人，也许匆忙中没想起戴帽檐儿；压根儿她怕就觉得戴不戴都是无所谓的。记得那回这女仆带了男朋友到金树台来，是个失业的工人。当时刚搬了家，好些零碎事正得一个人。太太便让这工人帮帮忙，每天给点钱。这原是一举两得，各厢情愿的。不料女仆却当面说太太揩了穷小子的油。太太听说，简直有点莫名其妙。

太太不上教堂去，可是迷信。她虽是新教徒，可是有一回丢了东西，却照人家传给的法子，在家点上一支蜡，一条腿跪着，口诵安东尼圣名，说是这么着东西就出来了。拜圣者是旧教的花样，她却不管。每回做梦，早餐时总翻翻占梦书。她有三本占梦书；有时她笑自己；三本书说的都不一样，甚至还相反呢。喝碗茶，碗里的茶叶，她也爱看；看像什么字头，便知是姓什么的来了。她并不盼望访客，她是在盼望住客啊。到金树台时，前任房东太太介绍一位英国住客继续住下。但这位半老的住客却嫌客人太少，女客更少，又嫌饭桌上没有笑，没有笑话，只看歇卜士太太的独角戏，老母亲似地唠唠叨叨，总是那一套。他终于托故走了，搬到别处去了。我们不久也离开英国，房子于是乎空空的。去年接到歇卜士太太来信，她和女儿已经作了人家管家老妈了；“维多利亚时代”的上流妇人，这世界已经不是她的了。

一九三七年四月二十七至二十八日

看　花

生长在大江北岸一个城市里，那儿的园林本是著名的，但近来却很少；似乎自幼就不曾听见过“我们今天看花去”一类话，可见花事是不盛的。有些爱花的人，大都只是将花栽在盆里，一盆盆搁在架上；架子横放在院子里。院子照例是小小的，只够放下一个架子；架上至多搁二十多盆花罢了。有时院子里依墙筑起一座“花台”，台上种一株开花的树；也有在院子里地上种的。但这只是普通的点缀，不算是爱花。

家里人似乎都不甚爱花；父亲只在领我们上街时，偶然和我们到“花房”里去过一两回。但我们住过一所房子，有一座小花园，是房东家的。那里有树，有花架（大约是紫藤花架之类），但我当时还小，不知道那些花木的名字；只记得爬在墙上的是蔷薇而已。园中还有一座太湖石堆成的洞门；现在想来，似乎也还好的。在那时由一个顽皮的少年仆人领了我去，却只知道跑来跑去捉蝴蝶；有时掐下几朵花，也只是随意挼弄着，随意丢弃了。至于领略花的趣味，那是以后的事：夏天的早晨，我们那地方有乡下的姑娘在各处街巷，沿门叫着：“卖栀子花来。”栀子花不是什么高品，但我喜欢那白而晕黄的颜色和那肥肥的个儿，正和那些卖花的姑娘有着相似的韵味。栀子花的香，浓而不烈，清而不淡，也是我乐意的。我这样便爱起花来了。也许有人会问：“你爱的不是花吧？”这个我自己其实也已不大弄得清楚，只好存而不论了。

在高小的一个春天，有人提议到城外F寺里吃桃子去，而且预备白吃；不让吃就闹一场，甚至打一架也不在乎。那时虽远在五四运动以前，但我们那里的中学生却常有打进戏园看白戏的事。中学生能白看戏，小学生为什么不能白吃桃子呢？我们都这样想，便由那提议人纠合了十几个同学，浩浩荡荡地向城外而去。到了F寺，气势不凡地呵叱着道人们（我们称寺里的工人为道人），立刻领我们向桃园里去。道人们踌躇着说：“现在桃树刚才开花呢。”但是谁信道人们的话？我们终于到了桃园里。大家都丧了气，原来花是真开着呢！这时提议人P君便去折花。道人们是一直步步跟着的，立刻上前劝阻，而且用起手来。但P君是我们中最不好惹的；“说时迟，那时快”，一眨眼，花在他的手里，道人已跪在一旁了。那一园子的桃花，想来总该有些可看；我们却谁也没有想着去看。只嚷着：“没有桃子，得沏茶喝！”道人们满肚子委屈地引我们到“方丈”里，大家各喝一大杯茶。这才平了气，谈谈笑笑地进城去。大概我那时还只懂得爱一朵朵的栀子花，对于开在树上的桃花，是并不了然的；所以眼前的机会，便从眼前错过了。

以后渐渐念了些看花的诗，觉得看花颇有些意思。但到北平读了几年书，却只到过崇效寺一次；而去得又嫌早些，那有名的一株绿牡丹还未开呢。北平看花的事很盛，看花的地方也很多；但那时热闹的似乎也只有一班诗人名士，其余还是不相干的。那正是新文学运动的起头，我们这些少年，对于旧诗和那一班诗人名士，实在有些不敬；而看花的地方又都远不可言，我是一个懒人，便干脆地断了那条心了。后来到杭州做事，遇见了Y君，他是新诗人兼旧诗人，看花的兴致很好。我和他常到孤山去看梅花。孤山的梅花是古今有名的，但太少；又没有临水的，人也太多。有一回坐在放鹤亭上喝茶，来了一个方面有须、穿着花缎马褂的人，用湖南口音和人打招呼道："梅花盛开嗒！""盛"字说得特别重，使我吃了一惊；但我吃惊的也只是说在他嘴里"盛"这个声音罢了，花的盛不盛，在我倒并没有什么的。

有一回，Y来说，灵峰寺有三百株梅花；寺在山里，去的人也少。我和Y，还有N君，从西湖边雇船到岳坟，从岳坟入山。曲曲折折走了好一会，又上了许多石级，才到山上寺里。寺甚小，梅花便在大殿西边园中。园也不大，东墙下有三间净室，最宜喝茶看花；北边有座小山，山上有亭，大约叫"望海亭"吧，望海是未必，但钱塘江与西湖是看得见的。梅树确是不少，密密地低低地整列着。那时已是黄昏，寺里只我们三个游人；梅花并没有开，但那珍珠似的繁星似的花骨朵儿，已经够可爱了；我们都觉得比孤山上盛开时有味。大殿上正做晚课，送来梵呗的声音，和着梅林中的暗香，真叫我们舍不得回去。在园里徘徊了一会，又在屋里坐了一会，天是黑定了，又没有月色，我们向庙里要了一个旧灯笼，照着下山。路上几乎迷了道，又两次三番地狗咬；我们的Y诗人确有些窘了，但终于到了岳坟。船夫远远迎上来道："你们来了，我想你们不会冤我呢！"在船上，我们还不离口地说着灵峰的梅花，直到湖边电灯光照到我们的眼。

Y回北平去了，我也到了白马湖。那边是乡下，只有沿湖与杨柳相间着种了一行小桃树，春天花发时，在风里娇媚地笑着。还有山里的杜鹃花也不少。这些日日在我们眼前，从没有人像煞有介事地提议："我们看花去。"但有一位S君，却特别爱养花；他家里几乎是终年不离花的。我们上他家去，总看他在那里不是拿着剪刀修理枝叶，便是提着壶浇水。我们常乐意看着。他院子里一株紫薇花很好，我们在花旁喝酒，不知多少次。白马湖住了不过一年，我却传染了他那爱花的嗜好。但重到北平时，住在花事很盛的清华园里，接连过了三个春，却从未想到去看一回。只在第二年秋天，曾经和孙三先生在园里看过几次菊花。"清华园之菊"是著名的，孙三先生还特地写了一篇文，画了好些画。但那种一盆一干一花的养法，花是好了，总觉没有天然的风趣。直到去年春天，有了些余闲，在花开前，先向人问了些花的名字。一个好朋友是从知道姓名起的，我想看花也正是如此。恰好Y君也常来园中，我们一天三四趟地到那些花下去徘徊。今年Y君忙些，我便一个人去。我爱繁花老干的杏、临风婀娜的小红桃、贴梗累累如珠的紫荆；但最恋恋的是西府海棠。海棠的花繁得好，也淡得好；艳极了，却没有一丝荡意。疏疏的高干子，英气隐隐逼人。可惜没有趁着月色看过；王鹏运有两句词道："只愁淡月朦胧影，难验微波上下潮。"我想月下的海棠花，大约便是这种光景吧。为了海棠，前两天在城里特地冒了大风到中山公园去，看花的人倒也不少；但不知怎的，却忘了畿辅先哲祠。Y告我那里的一株，遮住了大半个院子；别处的都向上长，这一株却是横里伸张的。花的繁没有法说；海棠本无香，昔人常以为恨，这里花太繁了，却酝酿出一种淡淡的香气，使人久闻不倦。Y告我，正是刮了一日还不息的狂风的晚上；他是前一天去的。他说他去时地上已有落花了，这一日一夜的风，准完了。他说北平看花，是要赶着看的：春光太短了，又晴的日子多；今年算是有阴的日子了，但狂风还是逃不了的。我说北平看花，比别处有意思，也正在此。这时候，我似乎不甚菲薄那一班诗人名士了。

一九三〇年四月

阿　河

我这一回寒假，因为养病，住到一家亲戚的别墅里去。那别墅是在乡下。前面偏左的地方，是一片淡蓝的湖水，对岸环拥着不尽的青山。山的影子倒映在水里，越显得清清朗朗的。水面常如镜子一般。风起时，微有皱痕；像少女们皱她们的眉头，过一会子就好了。湖的余势束成一条小港，缓缓地不声不响地流过别墅的门前。门前有一条小石桥，桥那边尽是田亩。这边沿岸一带，相间地栽着桃树和柳树，春来当有一番热闹的梦。别墅外面缭绕着短短的竹篱，篱外是小小的路。里边一座向南的楼，背后便倚着山。西边是三间平屋，我便住在这里。院子里有两块草地，上面随便放着两三块石头。另外的隙地上，或罗列着盆栽，或种莳着花草。篱边还有几株枝干盘曲的大树，有一株几乎要伸到水里去了。

我的亲戚韦君只有夫妇二人和一个女儿。她在外边念书，这时也刚回到家里。她邀来三位同学，同到她家过这个寒假；两位是亲戚，一位是朋友。她们住着楼上的两间屋子。韦君夫妇也住在楼上。楼下正中是客厅，常是闲着，西间是吃饭的地方；东间便是韦君的书房，我们谈天，喝茶，看报，都在这里。我吃了饭，便是一个人，也要到这里来闲坐一会。我来的第二天，韦小姐告诉我，她母亲要给她们找一个好好的女佣人；长工阿齐说有一个表妹，母亲叫他明天就带来做做看呢。她似乎很高兴的样子，我只是不经意地答应。

平屋与楼屋之间，是一个小小的厨房。我住的是东面的屋子，从窗子里可以看见厨房里人的来往。这一天午饭前，我偶然向外看看，见一个面生的女佣人，两手提着两把白铁壶，正往厨房里走；韦家的李妈在她前面领着，不知在和她说甚么话。她的头发乱蓬蓬的，像冬天的枯草一样。身上穿着镶边的黑布棉袄和夹裤，黑里已泛出黄色；棉袄长与膝齐，夹裤也直拖到脚背上。脚倒是双天足，穿着尖头的黑布鞋，后跟还带着两片同色的“叶拔儿”。想这就是阿齐带来的女佣人了；想完了就坐下看书。晚饭后，韦小姐告诉我，女佣人来了，她的名字叫“阿河”。我说：“名字很好，只是人土些；还能做么?”她说：“别看她土，很聪明呢。”我说：“哦。”便接着看手中的报了。

以后每天早上、中午、晚上，我常常看见阿河挈着水壶来往；她的眼似乎总是往前看的。两个礼拜匆匆地过去了。韦小姐忽然和我说：你别看阿河土，她的志气很好，她是个可怜的人。我和娘说，把我前年在家穿的那身棉袄裤给了她吧。我嫌那两件衣服太花，给了她正好。娘先不肯，说她来了没有几天；后来也肯了。今天拿出来让她穿，正合式呢。我们教给她打绒绳鞋，她真聪明，一学就会了。她说拿到工钱，也要打一双穿呢。我等几天再和娘说去。

“她这样爱好！怪不得头发光得多了，原来都是你们教她的。好！你们尽教她讲究，她将来怕不愿回家去呢。”大家都笑了。

旧新年是过去了。因为江浙的兵事，我们的学校一时还不能开学。我们大家都乐得在别墅里多住些日子。这时阿河如换了一个人。她穿着宝蓝色挑着小花儿的布棉袄裤；脚下是嫩蓝色毛绳鞋，鞋口还缀着两个半蓝半白的小绒球儿。我想这一定是她的小姐们给帮忙的。古语说得好，“人要衣裳马要鞍”，阿河这一打扮，真有些楚楚可怜了。她的头发早已是刷得光光的，覆额的刘海也梳得十分服帖。一张小小的圆脸，如正开的桃李花；脸上并没有笑，却隐隐地含着春日的光辉，像花房里充了蜜一般。这在我几乎是一个奇迹；我现在是常站在窗前看她了。我觉得在深山里发见了一粒猫儿眼；这样精纯的猫儿眼，是我生平所仅见！我觉得我们相识已太长久，极愿和她说一句话——极平淡的话，一句也好。但我怎好平白地和她攀谈呢？这样郁郁了一礼拜。

这是元宵节的前一晚上。我吃了饭，在屋里坐了一会，觉得有些无聊，便信步走到那书房里。拿起报来，想再细看一回。忽然门钮一响，阿河进来了。她手里拿着三四支颜色铅笔；出乎意料地走近了我。她站在我面前了，静静地微笑着说：“白先生，你知道铅笔刨在哪里？”一面将拿着的铅笔给我看。我不自主地立起来，匆忙地应道：“在这里。”我用手指着南边柱子。但我立刻觉得这是不够的。我领她走近了柱子。这时我像闪电似的踌躇了一下，便说：“我……我……”她一声不响地已将一支铅笔交给我。我放进刨子里刨给她看。刨了两下，便想交给她；但终于刨完了一支，交还了她。她接了笔略看一看，仍仰着脸向我。我窘极了。刹那间念头转了好几个圈子；到底硬着头皮搭讪着说：“就这样刨好了。”我赶紧向门外一瞥，就走回原处看报去。但我的头刚低下，我的眼已抬起来了。于是远远地从容地问道：“你会么？”她不曾掉过头来，只“嘤”了一声，也不说话。我看了她背影一会，觉得应该低下头了。等我再抬起头来时，她已默默地向外走了。她似乎总是往前看的；我想再问她一句话，但终于不曾出口。我撇下了报，站起来走了一会，便回到自己屋里。我一直想着些什么，但什么也没有想出。

第二天早上看见她往厨房里走时，我发愿我的眼将老跟着她的影子！她的影子真好。她那几步路走得又敏捷，又匀称，又苗条，正如一只可爱的小猫。她两手各提着一只水壶，又令我想到在一条细细的索儿上抖擞精神走着的女子。这全由于她的腰；她的腰真太软了，用白水的话说，真是软到使我如吃苏州的牛皮糖一样。不止她的腰，我的日记里说得好：“她有一套和云霞比美、水月争灵的曲线，织成大大的一张迷惑的网！”而那两颊的曲线，尤其甜蜜可人。她两颊是白中透着微红，润泽如玉。她的皮肤，嫩得可以掐出水来；我的日记里说：“我很想去掐她一下呀！”她的眼像一双小燕子，老是在滟滟的春水上打着圈儿。她的笑最使我记住，像一朵花漂浮在我的脑海里。我不是说过，她的小圆脸像正开的桃花么？那么，她微笑的时候，便是盛开的时候了：花房里充满了蜜，真如要流出来的样子。她的发不甚厚，但黑而有光，柔软而滑，如纯丝一般。只可惜我不曾闻着一些儿香。唉！从前我在窗前看她好多次，所得的真太少了；若不是昨晚一见，——虽只几分钟——我真太对不起这样一个人儿了。

午饭后，韦君照例地睡午觉去了，只有我、韦小姐和其他三位小姐在书房里。我有意无意地谈起阿河的事。我说：

“你们怎知道她的志气好呢？”

“那天我们教给她打绒绳鞋；”一位蔡小姐便答道，“看她很聪明，就问她为甚么不念书？她被我们一问，就伤心起来了……”

“是的，”韦小姐笑着抢了说，“后来还哭了呢；还有一位傻子陪她淌眼泪呢。”

那边黄小姐可急了，走过来推了她一下。蔡小姐忙拦住道：“人家说正经话，你们尽闹着玩儿！让我说完了呀——”

“我代你说啵，”韦小姐仍抢着说，“——她说她只有一个爹，没有娘。嫁了一个男人，倒有三十多岁，土头土脑的，脸上满是疤！他是李妈的邻舍，我还看见过呢……”

“好了，底下我说吧。”蔡小姐接着道，“她男人又不要好，尽爱赌钱；她一气，就住到娘家来，有一年多不回去了。”

“她今年几岁？”我问。

“十七不知十八？前年出嫁的，几个月就回家了。”蔡小姐说。

“不，十八，我知道。”韦小姐改正道。

“哦。你们可曾劝她离婚?”

“怎么不劝，”韦小姐应道，“她说十八回去吃她表哥的喜酒，要和她的爹去说呢。”

“你们教她的好事，该当何罪!”我笑了。

她们也都笑了。

十九的早上，我正在屋里看书，听见外面有嚷嚷的声音；这是从来没有的。我立刻走出来看；只见门外有两个乡下人要走进来，却给阿齐拦住。他们只是央告，阿齐只是不肯。这时韦君已走出院中，向他们道：

“你们回去吧。人在我这里，不要紧的。快回去，不要瞎吵!”

两个人面面相觑，说不出一句话；俄延了一会，只好走了。我问韦君什么事？他说：

“阿河啰！还不是瞎吵一回子。”

我想他于男女的事向来是懒得说的，还是回头问他小姐的好；我们便谈到别的事情上去。

吃了饭，我赶紧问韦小姐，她说：

“她是告诉娘的，你问娘去。”

我想这件事有些尴尬，便到西间里问韦太太；她正看着李妈收拾碗碟呢。她见我问，便笑着说：

“你要问这些事做什么？她昨天回去，原是借了阿桂的衣裳穿了去的，打扮得娇滴滴的，也难怪，被她男人看见了，便约了些不相干的人，将她抢回去过了一夜。今天早上，她骗她男人，说要到此地来拿行李。她男人就会信她，派了两个人跟着。哪知她到了这里，便叫阿齐拦着那跟来的人；她自己便跪在我面前哭诉，说死也不愿回她男人家去。你说我有什么法子。只好让那跟来的人先回去再说。好在没有几天，她们要上学了，我将来交给她的爹吧。唉，现在的人，心眼儿真是越过越大了；一个乡下女人，也会闹出这样惊天动地的事了！”

“可不是，”李妈在旁插嘴道，“太太你不知道；我家三叔前儿来，我还听他说呢。我本不该说的，阿弥陀佛！太太，你想她不愿意回婆家，老愿意住在娘家，是什么道理？家里只有一个单身的老子；你想那该死的老畜生！他舍不得放她回去呀！”

“低些，真的么?”韦太太惊诧地问。

“他们说得千真万确的。我早就想告诉太太了，总有些疑心；今天看她的样子，真有几分对呢。太太，你想现在还成什么世界!”

“这该不至于吧。”我淡淡地插了一句。

“少爷，你哪里知道!”韦太太叹了一口气，“——好在没有几天了，让她快些走吧；别将我们的运气带坏了。她的事，我们以后也别谈吧。”

开学的通告来了，我定在二十八走。二十六的晚上，阿河忽然不到厨房里挈水了。韦小姐跑来低低地告诉我：“娘叫阿齐将阿河送回去了；我在楼上，都不知道呢。”我应了一声，一句话也没有说。正如每日有三顿饱饭吃的人，忽然绝了粮；却又不能告诉一个人！而且我觉得她的前面是黑洞洞的，此去不定有什么好歹！那一夜我是没有好好地睡，只翻来覆去地做梦，醒来却又一例茫然。这样昏昏沉沉地到了二十八早上，懒懒的向韦君夫妇和韦小姐告别而行，韦君夫妇坚约春假再来住，我只得含糊答应着。出门时，我很想回望厨房几眼；但许多人都站在门口送我，我怎好回头呢?

到校一打听，老友陆已来了。我不及料理行李，便找着他，将阿河的事一五一十告诉他。他本是个好事的人；听我说时，时而皱眉，时而叹气，时而擦掌。听到她只十八岁时，他突然将舌头一伸，跳起来道：

“可惜我早有了我那太太！要不然，我准得想法子娶她！”

“你娶她就好了；现在不知鹿死谁手呢？”

我俩默默相对了一会，陆忽然拍着桌子道：

“有了，老汪不是去年失了恋么？他现在还没有主儿，何不给他俩撮合一下。”

我正要答说，他已出去了。过了一会子，他和汪来了，进门就嚷着说：

“我和他说，他不信；要问你呢！”

“事是有的，人呢，也真不错。只是人家的事，我们凭什么去管！”我说。

“想法子呀！”陆嚷着。

“什么法子？你说！”

“好，你们尽和我开玩笑，我才不理会你们呢！”汪笑了。

我们几乎每天都要谈到阿河，但谁也不曾认真去“想法子”。

一转眼已到了春假。我再到韦君别墅的时候，水是绿绿的，桃腮柳眼，着意引人。我却只惦着阿河，不知她怎么样了。那时韦小姐已回来两天。我背地里问她，她说：

“奇得很！阿齐告诉我，说她二月间来求娘来了。她说她男人已死了心，不想她回去；只不肯白白地放掉她。他教她的爹拿出八十块钱来，人就是她的爹的了；他自己也好另娶一房人。可是阿河说她的爹哪有这些钱？她求娘可怜可怜她！娘的脾气你知道。她是个古板的人；她数说了阿河一顿，一个钱也不给！我现在和阿齐说，让他上镇去时，带个信儿给她，我可以给她五块钱。我想你也可以帮她些，我教阿齐一块儿告诉她吧。只可惜她未必肯再上我们这儿来啰！”

“我拿十块钱吧，你告诉阿齐就是。”

我看阿齐空闲了，便又去问阿河的事。他说：

“她的爹正给她东找西找地找主儿呢。只怕难吧，八十块大洋呢！”

我忽然觉得不自在起来，不愿再问下去。

过了两天，阿齐从镇上回来，说：

“今天见着阿河了。娘的，齐整起来了。穿起了裙子，做老板娘娘了！据说是自己拣中的；这种年头！”

我立刻觉得，这一来全完了！只怔怔地看着阿齐，似乎想在他脸上找出阿河的影子。咳，我说什么好呢？愿命运之神长远庇护着她吧！

第二天我便托故离开了那别墅；我不愿再见那湖光山色，更不愿再见那间小小的厨房！

一九二六年一月十一日

白种人——上帝的骄子！

去年暑假到上海，在一路电车的头等里，见一个大西洋人带着一个小西洋人，相并地坐着。我不能确说他俩是英国人或美国人；我只猜他们是父与子。那小西洋人，那白种的孩子，不过十一二岁光景，看去是个可爱的小孩，引我久长的注意。他戴着平顶硬草帽，帽檐下端正地露着长圆的小脸。白中透红的面颊，眼睛上有着金黄的长睫毛，显出和平与秀美。我向来有种癖气：见了有趣的小孩，总想和他亲热，做好同伴；若不能亲热，便随时亲近亲近也好。在高等小学时，附设的初等里，有一个养着乌黑的西发的刘君，真是依人的小鸟一般；牵着他的手问他的话时，他只静静地微仰着头，小声儿回答——我不常看见他的笑容，他的脸老是那么幽静和真诚，皮下却烧着亲热的火把。我屡次让他到我家来，他总不肯；后来两年不见，他便死了。我不能忘记他！我牵过他的小手，又摸过他的圆下巴。但若遇着蓦生的小孩，我自然不能这么做，那可有些窘了；不过也不要紧，我可用我的眼睛看他—— 一回，两回，十回，几十回！孩子大概不很注意人的眼睛，所以尽可自由地看，和看女人要遮遮掩掩的不同。我凝视过许多初会面的孩子，他们都不曾向我抗议；至多拉着同在的母亲的手，或倚着她的膝头，将眼看她两看罢了。所以我胆子很大。这回在电车里又发了老癖气，我两次三番地看那白种的孩子，小西洋人！

初时他不注意或者不理会我，让我自由地看他。但看了不几回，那父亲站起来了，儿子也站起来了，他们将到站了。这时意外的事来了。那小西洋人本坐在我的对面；走近我时，突然将脸尽力地伸过来了，两只蓝眼睛大大地睁着，那好看的睫毛已看不见了；两颊的红也已褪了不少了。和平、秀美的脸一变而为粗俗、凶恶的脸了！他的眼睛里有话："咄！黄种人，黄种的支那人，你——你看吧！你配看我！"他已失了天真的稚气，脸上满布着横秋的老气了！我因此宁愿称他为"小西洋人"。他伸着脸向我足有两秒钟；电车停了，这才胜利地掉过头，牵着那大西洋人的手走了。大西洋人比儿子似乎要高出一半；这时正注目窗外，不曾看见下面的事。儿子也不去告诉他，只独断独行地伸他的脸；伸了脸之后，便又若无其事的，始终不发一言——在沉默中得着胜利，凯旋而去。不用说，这在我自然是一种袭击，"出其不意，攻其不备"的袭击！

这突然的袭击使我张皇失措；我的心空虚了，四面的压迫很严重，使我呼吸不能自由。我曾在N城的一座桥上，遇见一个女人；我偶然地看她时，她却垂下了长长的黑睫毛，露出老练和鄙夷的神色。那时我也感着压迫和空虚，但比起这一次，就稀薄多了：我在那小西洋人两颗枪弹似的眼光之下，茫然地觉着有被吞食的危险，于是身子不知不觉地缩小——大有在奇境中的阿丽思的劲儿！我木木然目送那父与子下了电车，在马路上开步走；那小西洋人竟未一回头，断然地去了。我这时有了迫切的国家之感！我做着黄种的中国人，而现在还是白种人的世界，他们的骄傲与践踏当然会来的；我所以张皇失措而觉着恐怖者，因为那骄傲我的，践踏我的，不是别人，只是一个十来岁的“白种的”孩子，竟是一个十来岁的白种的“孩子”！我向来总觉得孩子应该是世界的，不应该是一种、一国、一乡、一家的。我因此不能容忍中国的孩子叫西洋人为“洋鬼子”。但这个十来岁的白种的孩子，竟已被撳入人种与国家的两种定型里了。他已懂得凭着人种的优势和国家的强力，伸着脸袭击我了。这一次袭击实是许多次袭击的小影，他的脸上便缩印着一部中国的外交史。他之来上海，或无多日，或已长久，耳濡目染，他的父亲、亲长、先生、父执，乃至同国、同种，都以骄傲践踏对付中国人；而他的读物也推波助澜，将中国编排得一无是处，以长他自己的威风。所以他向我伸脸，决非偶然而已。

这是袭击，也是侮蔑，大大的侮蔑！我因了自尊，一面感着空虚，一面却又感着愤怒；于是有了迫切的国家之念。我要诅咒这小小的人！但我立刻恐怖起来了：这到底只是十来岁的孩子呢，却已被传统所埋葬；我们所日夜想望着的“赤子之心”，世界之世界（非某种人的世界，更非某国人的世界！），眼见得在正来的一代，还是毫无信息的！这是你的损失，我的损失，他的损失，世界的损失；虽然是怎样渺小的一个孩子！但这孩子却也有可敬的地方：他的从容，他的沉默，他的独断独行，他的一去不回头，都是力的表现，都是强者适者的表现。决不婆婆妈妈的，决不黏黏搭搭的，一针见血，一刀两断，这正是白种人之所以为白种人。

我真是一个矛盾的人。无论如何，我们最要紧的还是看看自己，看看自己的孩子！谁也是上帝之骄子；这和昔日的王侯将相一样，是没有种的！

一九二五年六月十九日夜

哀韦杰三君

韦杰三君是一个可爱的人；我第一回见他面时就这样想。这一天我正坐在房里，忽然有敲门的声音；进来的是一位温雅的少年。我问他“贵姓”的时候，他将他的姓名写在纸上给我看；说是苏甲荣先生介绍他来的。苏先生是我的同学，他的同乡，他说前一晚已来找过我了，我不在家；所以这回又特地来的。我们闲谈了一会，他说怕耽误我的时间，就告辞走了。是的，我们只谈了一会儿，而且并没有什么重要的话；——我现在已全忘记——但我觉得已懂得他了，我相信他是一个可爱的人。

第二回来访，是在几天之后。那时新生甄别试验刚完，他的国文课是被分在钱子泉先生的班上。他来和我说，要转到我的班上。我和他说，钱先生的学问，是我素来佩服的；在他班上比在我班上一定好。而且已定的局面，因一个人而变动，也不大方便。他应了几声，也没有什么，就走了。从此他就不曾到我这里来。有一回，在三院第一排屋的后门口遇见他，他微笑着向我点头；他本是捧了书及墨盒去上课的，这时却站住了向我说：“常想到先生那里，只是功课太忙了，总想去的。”我说：“你闲时可以到我这里谈谈。”我们就点首作别。三院离我住的古月堂似乎很远，有时想起来，几乎和前门一样。所以半年以来，我只在上课前、下课后几分钟里，偶然遇着他三四次；除上述一次外，都只匆匆地点头走过，不曾说一句话。但我常是这样想：他是一个可爱的人。

他的同乡苏先生，我还是来京时见过一回，半年来不曾再见。我不曾能和他谈韦君；我也不曾和别人谈韦君，除了钱子泉先生。钱先生有一日告诉我，说韦君总想转到我班上；钱先生又说：“他知道不能转时，也很安心地用功了，笔记做得很详细的。”我说，自然还是在钱先生班上好。以后这件事还谈起一两次。直到三月十九日早，有人误报了韦君的死信；钱先生站在我屋外的台阶上惋惜地说：“他寒假中来和我谈。我因他常是忧郁的样子，便问他为何这样；是为了我么？他说：‘不是，你先生很好的；我是因家境不宽，老是愁烦着。’他说他家里还有一个年老的父亲和未成年的弟弟；他说他弟弟因为家中无钱，已失学了。他又说他历年在外读书的钱，一小半是自己休了学去做教员弄来的，一大半是向人告贷来的。他又说，下半年的学费还没有着落呢。”但他却不愿平白地受人家的钱；我们只看他给大学部学生会起草的请改奖金制为借贷制与工读制的信，便知道他年纪虽轻，做人却有骨气的。

我最后见他，是在三月十八日早上，天安门下电车时。也照平常一样，微笑着向我点头。他的微笑显示他纯洁的心，告诉人，他愿意亲近一切；我是不会忘记的。还有他的静默，我也不会忘记。据陈云豹先生的《行述》，韦君很能说话；但这半年来，我们听见的，却只有他的静默而已。他的静默里含有忧郁、悲苦、坚忍、温雅等等，是最足以引人深长之思和切至之情的。他病中，据陈云豹君在本校追悼会里报告，虽也有一时期，很是躁急，但他终于在离开我们之前，写了那样平静的两句话给校长；他那两句话包蕴着无穷的悲哀，这是静默的悲哀！所以我现在又想，他毕竟是一个可爱的人。

三月十八日晚上，我知道他已危险；第二天早上，听见他死了，叹息而已！但走去看学生会的布告时，知他还在人世，觉得被鼓励似的，忙着将这消息告诉别人。有不信的，我立刻举出学生会布告为证。我二十日进城，到协和医院想去看看他；但不知道医院的规则，去迟了一点钟，不得进去。我很怅惘地在门外徘徊了一会，试问门役道："你知道清华学校有一个韦杰三，死了没有？"他的回答，我原也知道的，是"不知道"三字！那天傍晚回来；二十一日早上，便得着他死的信息——这回他真死了！他死在二十一日上午一时四十八分，就是二十日的夜里，我二十日若早去一点钟，还可见他一面呢。这真是十分遗憾的！二十三日同人及同学入城迎灵，我在城里十二点才见报，已赶不及了。下午回来，在校门外看见杠房里的人，知道柩已来了。我到古月堂一问，知道柩安放在旧礼堂里。我去的时候，正在重殓，韦君已穿好了殓衣在照相了。据说还光着身子照了一张相，是照伤口的。我没有看见他的伤口；但是这种情景，不看见也罢了。照相毕，入殓，我走到柩旁：韦君的脸已变了样子，我几乎不认识了！他的两颧突出，颊肉瘪下，掀唇露齿，那里还像我初见时的温雅呢？这必是他几日间的痛苦所致的。唉，我们可以想见了！我正在乱想，棺盖已经盖上；唉，韦君，这真是最后一面了！我们从此真无再见之期了！死生之理，我不能懂得，但不能再见是事实，韦君，我们失掉了你，更将从何处觅你呢？

韦君现在一个人睡在刚秉庙的一间破屋里，等着他迢迢千里的老父，天气又这样坏；韦君，你的魂也彷徨着吧！

一九二六年四月二日

乞　丐

“外国也有乞丐”，是的；但他们的丐道或丐术不大一样。近些年在上海常见的，马路旁水门汀上用粉笔写着一大堆困难情形，求人帮助，粉笔字一边就坐着那写字的人，——北平也见过这种乞丐，但路旁没有水门汀，便只能写在纸上或布上——却和外国乞丐相像；这办法不知是“来路货”呢，还是“此心同，此理同”呢？

伦敦乞丐在路旁画画的多，写字的却少。只在特拉伐加方场附近见过一个长须老者（外国长须的不多），在水门汀上端坐着，面前几行潦草的白粉字。说自己是大学出身，现在一寒至此，大学又有何用，这几句牢骚话似乎颇打动了一些来来往往的人，加上老者那炯炯的双眼，不露半星儿可怜相，也叫人有点肃然。他右首放着一只小提箱，打开了，预备人往里扔钱。那地方本是四通八达的闹市，扔钱的果然不少。箱子内外都撒的铜子儿（便士）；别的乞丐却似乎没有这么好的运气。

画画的大半用各色粉笔，也有用颜料的。见到的有三种花样。或双钩 To Live（求生）二字，每一个字母约一英尺见方，在双钩的轮廓里精细地作画。字母整齐匀净，通体一笔不苟。或双钩 Good Luck（好运）二字，也有只用 Luck（运气）一字的。——“求生”是自道；“好运”“运气”是为过客颂祷之辞。或画着四五方风景，每方大小也在一英尺左右。通常画者坐在画的一头，那一头将他那旧帽子翻过来放着，铜子儿就扔在里面。

这些画丐有些在艺术学校受过正式训练，有些平日爱画两笔，算是“玩意儿”。到没了落儿，便只好在水门汀上动起手来了。一九三二年五月十日，这些人还来了一回展览会。那天的晚报（The Evening News）上选印了几幅，有两幅是彩绣的。绣的人诨名“牛津街开特尔老大”，拳乱时做水手，来过中国，他还记得那时情形。这两幅画绣在帆布（画布）上，每幅下了八万针。他绣过英王爱德华像，据说颇为当今王后所赏识；那是他生平最得意的时候。现在却只在牛津街上浪荡着。

晚报上还记着一个人。他在杂戏馆（Halls）干过三十五年，名字常大书在海报上。三年前还领了一个杂戏班子游行各处，他扮演主要的角色。英伦三岛的城市都到过；大陆上到过百来处，美国也到过十来处。也认识贾波林。可是时运不济，“老伦敦”却没一个子儿。他想起从前朋友们说过静物写生多么有意思，自己也曾学着玩儿；到了此时，说不得只好凭着这点“玩意儿”在泰晤士河长堤上混混了。但是他怕认得他的人太多，老是背向着路中，用大帽檐遮了脸儿。他说在水门汀上作画颇不容易；最怕下雨，几分钟的雨也许毁了整天的工作。他说总想有朝一日再到戏台上去。

画丐外有乐丐。牛津街见过一个，开着话匣子，似乎是坐在三轮自行车上；记得颇有些堂哉皇也的神气。复活节星期五在冷街中却见过一群，似乎一人推着风琴，一人按着，一人高唱《颂圣歌》——那推琴的也和着。这群人样子却就狼狈了。据说话匣子等等都是赁来；他们大概总有得赚的。另一条冷街上见过一个男的带着两个女的，穿得像刚从垃圾堆里出来似的。一个女的还抹着胭脂，简直是一块块红土！男的奏乐，女的乱七八糟地跳舞，在刚下完雨泥滑滑的马路上。这种女乞丐像很少。又见过一个拉小提琴的人，似乎很年轻，很文雅，向着步道上的过客站着。右手本来抱着个小猴儿；拉琴时先把它抱在左肩头蹲着。拉了没几弓子，猴儿尿了；他只若无其事，让衣服上淋淋漓漓的。

牛津街上还见过一个，那真狼狈不堪。他大概赁话匣子等等的力量都没有；只找了块板儿，三四尺长，五六寸宽，上面安上条弦子，用只玻璃水杯将弦子绷起来。把板儿放在街沿下，便蹲着，两只手穿梭般弹奏着。那是明灯初上的时候，步道上人川流不息；一双双脚从他身边匆匆地跨过去，看见他的似乎不多。街上汽车声脚步声谈话声混成一片，他那独弦的细声细气，怕也不容易让人听见。可是他还是埋着头弹他那一手。

几年前一个朋友还见过背诵狄更斯小说的。大家正在戏园门口排着班等买票；这个人在旁背起《块肉余生述》来，一边念，一边还做着。这该能够多找几个子儿，因为比那些话匣子等等该有趣些。

警察禁止空手空口的乞丐，乞丐便都得变做卖艺人。若是无艺可卖，手里也得拿点东西，如火柴皮鞋带之类。路角落里常有男人或女人拿着这类东西默默站着，脸上大都是黯淡的。其实卖艺、卖物，大半也是幌子；不过到底教人知道自尊些，不许不做事白讨钱。只有瞎子，可以白讨钱。他们站着或坐着；胸前有时挂一面纸牌子，写着“盲人”。又有一种人，在乞丐非乞丐之间。有一回找一家杂耍场不着，请教路角上一个老者。他殷勤领着走，一面说刚失业，没钱花，要我帮个忙儿。给了五个便士（约合中国三毛钱），算是酬劳，他还争呢。其实只有二三百步路罢了。跟着走，诉苦，白讨钱的，只遇着一次；那里街灯很暗，没有警察，路上人也少，我又是外国人，他所以厚了脸皮，放了胆子——他自然不是瞎子。

一九三五年十月二十六日

你 我

现在受过新式教育的人，见了无论生熟朋友，往往喜欢你我相称。这不是旧来的习惯而是外国语与翻译品的影响。这风气并未十分通行；一般社会还不愿意采纳这种办法——所谓粗人一向你呀我的，却当别论。有一位中等学校校长告诉人，一个旧学生去看他，左一个“你”，右一个“你”，仿佛用指头点着他鼻子，真有些受不了。在他想，只有长辈该称他“你”，只有太太和老朋友配称他“你”。够不上这个份儿，也来“你”呀“你”的，倒像对当差老妈子说话一般，岂不可恼！可不是，从前小说里“弟兄相呼，你我相称”，也得够上那份儿交情才成。而俗语说的“你我不错”“你我还这样那样”，也是托熟的口气，指出彼此的依赖与信任。

同辈你我相称，言下只有你我两个，旁若无人；虽然十目所视，十手所指，视他们的，指他们的，管不着。杨震在你我相对的时候，会想到你我之外的“天知地知”，真是一个玄远的托辞，亏他想得出。常人说话称你我，却只是你说给我，我说给你；别人听见也罢，不听见也罢，反正说话的一点儿没有想着他们那些不相干的。自然也有时候“取瑟而歌”，也有时候“指桑骂槐”，但那是话外的话或话里的话，论口气却只对着那一个“你”。这么着，一说你看，你我便从一群人里除外，单独地相对着。离群是可怕又可怜的，只要想想大野里的独行，黑夜里的独处就明白。你我既甘心离群，彼此便非难解难分不可；否则岂不要吃亏？难解难分就是亲昵；骨肉是亲昵，结交也是个亲昵，所以说只有长辈该称“你”，只有太太和老朋友配称“你”。你我相称者，你我相亲而已。然而我们对家里当差老妈子也称“你”，对街上的洋车夫也称“你”，却不是一个味儿。古来以“尔汝”为轻贱之称；就指的这一类。但轻贱与亲昵有时候也难分，譬如叫孩子为“狗儿”，叫情人为“心肝”，明明将人比物，却正是亲昵之至。而长辈称晚辈为“你”，也夹杂着这两种味道——那些亲谊疏远的称“你”，有时候简直毫无亲昵的意思，只显得辈分高罢了。大概轻贱与亲昵有一点相同；就是，都可以随随便便，甚至于动手动脚。

生人相见不称“你”。通称是“先生”，有带姓不带姓之分；不带姓好像来者是自己老师，特别客气，用得少些。北平人称“某爷”“某几爷”，如“冯爷”“吴二爷”，也是通称，可比“某先生”亲昵些。但不能单称“爷”，与“先生”不同。“先生”原是老师，“爷”却是“父亲”；尊人为师犹之可，尊人为父未免吃亏太甚。（听说前清的太监有称人为

“爷”的时候，那是刑余之人，只算例外。）至于“老爷”，多一个“老”字，就不会与父亲相混，所以仆役用以单称他的主人，旧式太太用以单称她的丈夫。女的通称“小姐”“太太”“师母”，却都带姓；“太太”“师母”更其如此。因为单称“太太”，自己似乎就是老爷，单称“师母”，自己似乎就是门生，所以非带姓不可。“太太”是北方的通称，南方人却嫌官僚气；“师母”是南方的通称，北方人却嫌头巾气。女人麻烦多，真是无法奈何。比“先生”亲近些是“某某先生”“某某兄”，“某某”是号或名字；称“兄”取其仿佛一家人。再进一步就以号相称，同时也可称“你”。在正式的聚会里，有时候得称职衔，如“张部长”“王经理”；也可以不带姓，和“先生”一样；偶尔还得加上一个“贵”字，如“贵公使”。下属对上司也得称职衔。但像科员等小角色却不便称衔，只好屈居在“先生”一辈里。

仆役对主人称“老爷”“太太”，或“先生”“师母”；与同辈分别的，一律不带姓。他们在同一时期内大概只有一个老爷、太太，或先生、师母，是他们衣食的靠山；不带姓正所以表示只有这一对儿才是他们的主人。对于主人的客，却得一律带姓；即使主人的本家，也得带上号码儿，如“三老爷”“五太太”。——大家庭用的人或两家合用的人例外。“先生”本可不带姓，“老爷”本是下对上的称呼，也常不带姓；女仆称“老爷”，虽和旧式太太称丈夫一样，但身份声调既然各别，也就不要紧。仆役称“师母”，决无门生之嫌，不怕尊敬过分；女仆称“太太”，毫无疑义，男仆称“太太”，与女仆称“老爷”同例。晚辈称长辈，有“爸爸”“妈妈”“伯伯”“叔叔”等称。自家人和近亲不带姓，但有时候带号码儿；远亲和父执、母执，都带姓；干亲带“干”字，如“干娘”；父亲的盟兄弟、母亲的盟姊妹，有些人也以自家人论。

这种种称呼，按刘半农先生说，是“名词替代代词”，但也可说是他称替代对称。不称“你”而称“某先生”，是将分明对面的你变成一个别人；于是乎对你说的话，都不过是关于“他”的。这么着，你我间就有了适当的距离，彼此好提防着；生人间说话提防着些，没有错儿。再则一般人都可以称你“某先生”，我也跟着称“某先生”，正见得和他们一块儿，并没有单独挨近你身边去。所以“某先生”一来，就对面无你，旁边有人。这种替代法的效用，因所代的他称广狭而转移。譬如“某先生”，谁对谁都可称，用以代“你”，是十分“敬而远之”；又如“某部长”，只是僚属对同官与长官之称，“老爷”只是仆役对主人之称，敬意过于前者，远意却不及；至于“爸爸”“妈妈”，只是弟兄姊妹对父母的称，不像前几个名字可以移用在别人身上，所以虽不用“你”，还觉得亲昵，但敬远的意味总免不了有一些；在老人家前头要像在太太或老朋友前头那么自由自在，到底是办不到的。

北方话里有个“您”字，是“你”的尊称，不论亲疏贵贱全可用，方便之至。这个字比那拐弯抹角的替代法干脆多了，只是南方人听不进去，他们觉得和“你”也差不多少。这个字本是闭口音，指众数；“你们”两字就从此出。南方人多用“你们”代“你”。用众数表尊称，原是语言常例。指的既非一个，你旁边便仿佛还有些别人和你亲近的，与说话的相对着；说话的天然不敢侵犯你，也不敢妄想亲近你。这也还是个“敬而远之”。湖北人尊称人为“你家”，“家”字也表众数，如“人家”“大家”可见。

此外还有个方便的法子，就是利用呼位，将他称与对称拉在一块儿。说话的时候先叫声“某先生”或别的，接着再说“你怎样怎样”；这么着好像“你”字儿都是对你以外的“某先生”说的，你自己就不会觉得唐突了。这个办法上下一律通行。在上海，有些不三不四的人问路，常叫一声“朋友”，再说“你”；北平老妈子彼此说话，也常叫声“某姐”，再“你”下去——她们觉得这么称呼倒比说“您”亲昵些。但若说“这是兄弟你的事”“这是他爸爸你的责任”，“兄弟”“你”，“他爸爸”“你”简直连成一串儿，与用呼位的大不一样。这种口气只能用于亲近的人。第一例的他称意在加重全句的力量，表示虽与你亲如弟兄，这件事却得你自己办，不能推给别人。第二例因“他”而及“你”，用他称意在提醒你的身份，也是加重那个句子；好像说你我虽亲近，这件事却该由做他爸爸的你，而不由做自己的朋友的你负责任；所以也不能推给别人。又有对称在前他称在后的；但除了“你先生”“你老兄”还有敬远之意以外，别的如“你太太”“你小姐”“你张三”“你这个人”“你这家伙”“你这位先生”“你这该死的”“你这没良心的东西”，却都是些亲口埋怨或破口大骂的话。“你先生”“你老兄”的“你”不重读，别的“你”都是重读的。“你张三”直呼姓名，好像听话的是个远哉遥遥的生人，因为只有毫无关系的人，才能直呼姓名；可是加上“你”字，却变了亲昵与轻贱两可之间。近指形容词“这”，加上量词“个”成为“这个”，都兼指人与物；说“这个人”和说“这个碟子”，一样地带些无视的神气在指点着。加上“该死的”“没良心的”“家伙”“东西”，无视的神气更足。只有“你这位先生”稍稍客气些；不但因为那“先生”，并且因为那量词“位”字。“位”指“地位”，用以称人，指那有某种地位的，就与常人有别。至于“你老”“你老人家”，“老人家”是众数，“老”是敬辞——老人常受人尊重。但“你老”用得少些。

最后还有省去对称的办法，却并不如文法书里所说，只限于祈使语气，也不限于上辈对下辈的问语或答语，或熟人间偶然的问答语：如“去吗”“不去”之类。有人曾遇见一位颇有名望的省议会议长，随意谈天儿。那议长的说话老是这样的：

去过北京吗？

在哪儿住？

觉得北京怎么样？

几时回来的？

始终没有用一个对称，也没有用一个呼位的他称，仿佛说到一个不知是谁的人。那听话的觉得自己没有了，只看见俨然的议长。可是偶然要敷衍一两句话，而忘了对面人的姓，单称“先生”又觉不值得的时候，这么办却也可以救眼前之急。

生人相见也不多称“我”。但是单称“我”只不过傲慢，仿佛有点儿瞧不起人，却没有那过分亲昵的味儿，与称你我的时候不一样。所以自称比对称麻烦少些。若是不随便称“你”，“我”字尽可马马虎虎通用；不过要留心声调与姿态，别显出拍胸脯指鼻尖的神儿。若是还要谨慎些，在北京可以说“咱”，说“俺”，在南方可以说“我们”；“咱”和“俺”原来也都是闭口音，与“我们”同是众数。自称用众数，表示听话的也在内，“我”说话，像是你和我或你我他联合宣言；这么着，我的责任就有人分担，谁也不能说我自以为是了。也有说“自己”的，如“只怪自己不好”“自己没主意，怨谁！”但同样的句子用来指你我也成。至于说“我自己”，那却是加重的语气，与这个不同。又有说“某人”“某某人”的；如张三说：“他们老疑心这是某人做的，其实我一点也不知道。”这个“某人”就是张三，但得随手用“我”字点明。若说“张某人岂是那样的人！”却容易明白。又有说“人”“别人”“人家”“别人家”的；如，“这可叫人怎么办?”“也不管人家死活。”指你我也成。这些都是用他称（单数与众数）替代自称，将自己说成别人；但都不是明确的替代，要靠上下文，加上声调姿态，才能显出作用，不像替代对称那样。而其中如“自己”“某人”，能替代“我”的时候也不多，可见自称在我的关系多，在人的关系少，老老实实用“我”字也无妨；所以历来并不十分费心思去找替代的名词。

演说称“兄弟”“鄙人”“个人”或自己名字，会议称“本席”，也是他称替代自称，却一听就明白。因为这几个名词，除“兄弟”代“我”，平常谈话里还偶然用得着之外，别的差不多都已成了向公众说话专用的自称。“兄弟”“鄙人”全是谦词，“兄弟”亲昵些；“个人”就是“自己”；称名字不带姓，好像对尊长说话。——称名字的还有仆役与幼儿。仆役称名字兼带姓，如“张顺不敢”。幼儿自称乳名，却因为自我观念还未十分发达，听见人家称自己乳名，也就如法炮制，可教大人听着乐，为的是“像煞有介事”。——“本席”指“本席的人”，原来也该是谦称；但以此自称的人往往有一种訑訑然的声调姿态，所以反觉得傲慢了。这大约是“本”字作怪，从“本总司令”到“本县长”，虽也是以他称替代自称，可都是告诫下属的口气，意在显出自己的身份，让他们知所敬畏。这种自称用的机会却不多。对同辈也偶然有要自称职衔的时候，可不用“本”字而用“敝”字。但“司令”可“敝”，

“县长”可“敝”，“人”却“敝”不得；“敝人”是凉薄之人，自己骂得未免太苦了些。同辈间也可用“本”字，是在开玩笑的当儿，如“本科员”“本书记”“本教员”，取其气昂昂的，有俯视一切的样子。

他称比“我”更显得傲慢的还有，如“老子”“咱老子”“大爷我”“我某几爷”“我某某某”。老子本非同辈相称之词，虽然加上众数的“咱”，似乎只是壮声威，并不为的分责任。“大爷”“某几爷”也都是尊称，加在“我”上，是增加“我”的气焰的。对同辈自称姓名，表示自己完全是个无关系的陌生人；本不如此，偏取了如此态度，将听话的远远地推开去，再加上“我”，更是神气。这些“我”字都是重读的。但除了“我某某某”，那几个别的称呼大概是丘八流氓用得多。他称也有比“我”显得亲昵的。如对儿女自称“爸爸”“妈”，说“爸爸疼你”“妈在这儿，别害怕”。对他们称“我”的太多了，对他们称“爸爸”“妈”的却只有两个人，他们最亲昵的两个人。所以他们听起来，“爸爸”“妈”比“我”鲜明得多。幼儿更是这样；他们既然还不甚懂得什么是“我”，用“爸爸”“妈”就更要鲜明些。听了这两个名字，不用捉摸，立刻知道是谁而得着安慰；特别在他们正专心一件事或者快要睡觉的时候。若加上“你”，说“你爸爸”“你妈”，没有“我”，只有“你的”，让大些的孩子听了，亲昵的意味更多。对同辈自称“老某”，如“老张”，或“兄弟我”，如

“交给兄弟我办吧，没错儿”，也是亲昵的口气。“老某”本是称人之词。单称姓，表示彼此非常之熟，一提到姓就会想起你，再不用别的；同姓的虽然无数，而提到这一姓，却偏偏只想起你。“老”字本是敬辞，但平常说笑惯了的人，忽然敬他一下，只是惊他以取乐罢了；姓上加“老”字，原来怕不过是个玩笑，正和“你老先生”“你老人家”有时候用作滑稽的敬语一样。日子久了，不觉得，反变成“熟得很”的意思。于是自称“老张”，就是“你熟得很的张”，不用说，顶亲昵的。“我”在“兄弟”之下，指的是做兄弟的“我”，当然比平常的“我”客气些；但既有他称，还用自称，特别着重那个“我”，多少免不了自负的味儿。这个“我”字也是重读的。用“兄弟我”的也以江湖气的人为多。自称常可省去；或因叙述的方便，或因答语的方便，或因避免那傲慢的字。

“他”字也须因人而施，不能随便用。先得看“他”在不在旁边儿。还得看“他”与说话的和听话的关系如何——是长辈、同辈、晚辈，还是不相干的、不相识的？北平有个“怹”字，用以指在旁边的别人与不在旁边的尊长；别人既在旁边听着，用个敬词，自然合式些。这个字本来也是闭口音，与“您”字同是众数，是“他们”所从出，可是不常听见人说；常说的还是“某先生”。也有称职衔、行业、身份、行次、姓名号的。“他”和“你”“我”情形不同，在旁边的还可指认，不在旁边的必得有个前词才明白。前词也不外乎这五样儿。职衔如“部长”“经理”。行业如店主叫“掌柜的”，手艺人叫“某师傅”，是通称；做衣服的叫“裁缝”，做饭的叫“厨子”，是特称。身份如妻称夫为“六斤的爸爸”，洋车夫称坐车人为“坐儿”，主人称女仆为“张妈”“李嫂”。——“妈”“嫂”“师傅”都是尊长之称，却用于既非尊长，又非同辈的人，也许称“张妈”是借用自己孩子们的口气，称“师傅”是借用他徒弟的口气，只有称“嫂”才是自己的口气，用意都是要亲昵些。借用别人口气表示亲昵的，如媳妇跟着他孩子称婆婆为“奶奶”，自己矮下一辈儿；又如跟着熟朋友用同样的称呼称他亲戚，如“舅母”“外婆”等，自己近走一步儿；只有“爸爸”“妈”，假借得极少。对于地位同的既可如此假借，对于地位低的当然更可随便些；反正谁也明白，这些不过说得好听罢了。——行次如称朋友或儿女用“老大”“老二”；称男仆也常用“张二”“李三”。称号在亲子间、夫妇间、朋友间最多，近亲与师长也常这么称。称姓名往往是不相干的人。有一回政府不让报上直称当局姓名，说应该称衔带姓，想来就是恨这个不相干的劲儿。又有指点似地说“这个人”“那个人”的，本是疏远或轻贱之称。可是有时候不愿、不便，或不好意思说出一个人的身份或姓名，也用“那个人”；这里头却有很亲昵的，如要好的男人或女人，都可称“那个人”。至于“这东西”“这家伙”“那小子”，是更进一步；爱憎同辞，只看怎么说出。又有用泛称的，如“别怪人”

“别怪人家”“一个人别太不知足”“人到底是人”。但既是泛称，指你我也未尝不可。又有用虚称的，如“他说某人不好，某人不好”；“某人”虽确有其人，却不定是谁，而两个“某人”所指也非一人。还有“有人”就是“或人”。用这个称呼有四种意思：一是不知其人，如“听说有人译这本书”。二是知其人而不愿明言，如“有人说怎样怎样”，这个人许是个大人物，自己不愿举出他的名字，以免矜夸之嫌。这个人许是个不甚知名的角色，提起来听话的未必知道，乐得不提省事。又如“有人说你的闲话”，却大大不同。三是知其人而不屑明言，如“有人在一家报纸上骂我”。四是其人或他的关系人就在一旁，故意“使子闻之”；如，“有人不乐意，我知道。”“我知道，有人恨我，我不怕。”——这么着简直是挑战的态度了。

又有前词与“他”字连文的，如“你爸爸他辛苦了一辈子，真是何苦来?”是加重的语气。亲近的及不在旁边的人才用“他”字；但这个字可带有指点的神儿，仿佛说到的就在眼前一样。自然有些古怪，在眼前的尽管用“您”或别的向远处推；不在的却又向近处拉。其实推是为说到的人听着痛快；他既在一旁，听话的当然看得亲切，口头上虽向远处推无妨。拉却是为听话人听着亲切，让他听而如见。因此“他”字虽指你我以外的别人，也有亲昵与轻贱两种情调，并不含含糊糊地“等量齐观”。最亲昵的“他”，用不着前词；如流行甚广的

《看见她》歌谣里的“她”字—— 一个多情多义的“她”字。这还是在眼前的。新婚少妇谈到不在眼前的丈夫，也往往没头没脑地说“他如何如何”，一面还红着脸儿。但如“管他，你走你的好了”“他——他只比死人多口气”，就是轻贱的“他”了。不过这种轻贱的神儿若“他”不在一旁却只能从上下文看出；不像说“你”的时候永远可以从听话的一边直接看出。“他”字除人以外，也能用在别的生物及无生物身上；但只在孩子们的话里如此。指猫指狗用“他”是常事；指桌椅指树木也有用“他”的时候。譬如孩子让椅子绊了一跤，哇地哭了；大人可以将椅子打一下，说“别哭。是他不好。我打他”。孩子真会相信，回嗔作喜，甚至于也捏着小拳头帮着捶两下。孩子想着什么都是活的，所以随随便便地“他”呀“他”的，大人可就不成。大人说“他”，十回九回指人；别的只称名字，或说“这个”“那个”“这东西”“这件事”“那种道理”。但也有例外，像“听他去吧”“管他成不成，我就是这么办”。这种“他”有时候指事不指人。还有个“彼”字，口语里已废而不用，除了说“不分彼此”“彼此都是一样”。这个“彼”字不是“他”而是与“这个”相对的“那个”，已经在“人称”之外。“他”字不能省略，一省就与你我相混；只除了在直截的答语里。

代词的三称都可用名词替代，三称的单数都可用众数替代，作用是“敬而远之”。但三称还可互代；如“大难临头，不分你我”“他们你看我，我看你，一句话不说”，“你”“我”就是“彼”“此”。又如“此公人弃我取”，“我”是“自己”。又如论别人，“其实你去不去与人无干，我们只是尽朋友之道罢了”。“你”实指“他”而言。因为要说得活灵活现，才将三人间变为二人间，让听话的更觉得亲切些。意思既指别人，所以直呼“你”“我”，无需避忌。这都以自称对称替代他称。又如自己责备自己说：“咳，你真糊涂！”这是化一身为两人。又如批评别人，“凭你说干了嘴唇皮，他听你一句才怪！”“你”就是“我”，是让你设身处地替自己想。又如，“你只管不动声色地干下去，他们知道我怎么办？”“我”就是“你”；是自己设身处地替对面人想。这都是着急的口气：我的事要你设想，让你同情我；你的事我代设想，让你亲信我。可不一定亲昵，只在说话当时见得彼此十二分关切就是了。只有“他”字，却不能替代“你”“我”，因为那么着反把话说远了。

众数指的是一人与一人、一人与众人，或众人与众人，彼此间距离本远，避忌较少。但是也有分别；名词替代，还用得着。如“各位”“诸位”“诸位先生”，都是“你们”的敬词；“各位”是逐指，虽非众数而作用相同。代词名词连文，也用得着。如“你们这些人”“你们这帮东西”，轻重不一样，却都是责备的口吻。又如发牢骚的时候不说“我们”而说“这些人”“我们这些人”，表示多多少少，是与众不同的人。但替代“我们”的名词似乎没有。又如不说“他们”而说“人家”“那些位”“这帮东西”“那帮东西”，或“他们这些人”。三称众数的对峙，不像单数那样明白的鼎足而三。“我们”“你们”“他们”相对的时候并不多；说“我们”，常只与“你们”“他们”二者之一相对着。这儿的“你们”包括“他们”，“他们”也包括“你们”；所以说“我们”的时候，实在只有两边儿。所谓“你们”，有时候不必全都对面，只是与对面的在某些点上相似的人；所谓“我们”，也不一定全在身旁，只是与说话的在某些点上相似的人。所以“你们”“我们”之中，都有“他们”在内。“他们”之近于“你们”的，就收编在“你们”里；“他们”之近于“我们”的，就收编在“我们”里；于是“他们”就没有了。“我们”与“你们”也有相似的时候，“我们”可以包括“你们”，“你们”就没有了；只剩下“他们”和“我们”相对着。演说的时候，对听众可以说“你们”，也可以说“我们”。说“你们”显得自己高出他们之上，在教训着；说“我们”，自己就只在他们之中，在彼此勉励着。听众无疑是愿意听“我们”的。只有“我们”，永远存在，不会让人家收编了去；因为没有“我们”，就没有了说话的人。“我们”包罗最广，可以指全人类，而与一切生物无生物对峙着。“你们”“他们”都只能指人类的一部分；而“他们”除了特别情形，只能指不在眼前的人，所以更狭窄些。

北平自称的众数有“咱们”“我们”两个。第一个发见这两个自称的分别的是赵元任先生。他在《阿丽思漫游奇境记》的凡例里说：

> “咱们”是对他们说的，听话的人也在内的。
>
> “我们”是对你们或他们说的，听话的人不在内的。

赵先生的意思也许说，“我们”是对你们或（你们和）他们说的。这么着，“咱们”就收编了“你们”，“我们”就收编了“他们”——不能收编的时候，“我们”就与“你们”“他们”成鼎足之势。这个分别并非必需，但有了也好玩儿；因为说“咱们”亲昵些，说“我们”疏远些，又多一个花样。北平还有个“俩”字，只能两个，“咱们俩”“你们俩”“他们俩”，无非显得两个人更亲昵些；不带“们”字也成。还有“大家”是同辈相称或上称下之词，可用在“我们”“你们”“他们”之下。单用是所有相关的人都在内；加“我们”拉得近些，加“你们”推得远些，加“他们”更远些。至于“诸位大家”，当然是个笑话。

代词三称的领位，也不能随随便便的。生人间还是得用替代，如称自己丈夫为“我们老爷”，称朋友夫人为“你们太太”，称别人父亲为“某先生的父亲”。但向来还有一种简便的尊称与谦称，如“令尊”“令堂”“尊夫人”“令弟”“令郎”，以及“家父”“家母”“内人”“舍弟”“小儿”等等。“令”字用得最广，不拘那一辈儿都加得上，“尊”字太重，用处就少；“家”字只用于长辈同辈，“舍”字、“小”字只用于晚辈。熟人也有用通称而省去领位的，如自称父母为“老人家”——长辈对晚辈说他父母，也这么称——称朋友家里人为“老太爷”“老太太”“太太”“少爷”“小姐”；可是没有称人家丈夫为“老爷”或“先生”的，只能称“某先生”“你们先生”。此外有称“老伯”“伯母”“尊夫人”的，为的亲昵些；所省去的却非“你的”，而是“我的”。更熟的人可称“我父亲”“我弟弟”“你学生”“你姑娘”，却并不大用“的”字。“我的”往往只用于呼位，如“我的妈呀！”“我的儿呀！”“我的天呀！”被领位若不是人而是事物，却可随便些。“的”字还用于独用的领位，如“你的就是我的”“去他的”。领位有了“的”字，显得特别亲昵似的。也许“的”字是齐齿音，听了觉得挨挤着，紧缩着，才有此感。平常领位，所领的若是人，而也用“的”字，就好像有些过火；“我的朋友”差不多成了一句嘲讽的话，一半怕就是为了那个“的”字。众数的领位也少用“的”字。其实真正众数的领位用的机会也少；用的大多是替代单数的。“我家”“你家”“他家”有时候也可当众数的领位用，如“你家孩子真懂事”“你家厨子走了”“我家运气不好”。北平还有一种特别称呼，也是关于自称领位的。譬如女的向人说：“你兄弟这样长那样短。”“你兄弟”却是她丈夫；男的向人说："你侄儿这样短，那样长。""你侄儿"却是他儿子。这也算对称替代自称，可是大规模的；用意可以说是"敬而近之"。因为"近"，才直称"你"。被领位若是事物，领位除可用替代外，也有用"尊"字的，如"尊行"（行次）、"尊寓"，但少极；带滑稽味而上"尊"号的却多，如"尊口""尊须""尊靴""尊帽"等等。

外国的影响引我们抄近路，只用"你""我""他""我们""你们""他们"，倒也是干脆的办法；好在声调姿态变化是无穷的。"他"分为三，在纸上也还有用，口头上却用不着；读"她"为"丨"，"它"或"牠"为"ㄊㄜ"，大可不必，也行不开去。"它"或"牠"用得也太洋味儿，真别扭，有些实在可用"这个""那个"。再说代词用得太多，好些重复是不必要的；而领位"的"字也用得太滥点儿[①]。

一九三三年八月二十五日

---

① 二十二年暑中看《马氏文通》、杨遇夫先生《高等国文法》、刘半农先生《中国文法讲话》、胡适之先生《文存》里的《尔汝篇》，对于人称代名词有些不成系统的意见，略加整理，写成此篇。但所论只现代口语所用为限，作文写信用的，以及念古书时所遇见的，都不在内。

散文精读·朱自清 >>

游记

绿

我第二次到仙岩的时候，我惊诧于梅雨潭的绿了。

梅雨潭是一个瀑布潭。仙岩有三个瀑布，梅雨瀑最低。走到山边，便听见哗哗哗哗的声音；抬起头，镶在两条湿湿的黑边儿里的，一带白而发亮的水便呈现于眼前了。我们先到梅雨亭。梅雨亭正对着那条瀑布；坐在亭边，不必仰头，便可见它的全体了。亭下深深的便是梅雨潭。这个亭踞在突出的一角的岩石上，上下都空空儿的；仿佛一只苍鹰展着翼翅浮在天宇中一般。三面都是山，像半个环儿拥着；人如在井底了。这是一个秋季的薄阴的天气。微微的云在我们顶上流着；岩面与草丛都从润湿中透出几分油油的绿意。而瀑布也似乎分外的响了。那瀑布从上面冲下，仿佛已被扯成大小的几绺；不复是一幅整齐而平滑的布。岩上有许多棱角；瀑流经过时，作急剧的撞击，便飞花碎玉般乱溅着了。那溅着的水花，晶莹而多芒；远望去，像一朵朵小小的白梅，微雨似地纷纷落着。据说，这就是梅雨潭之所以得名了。但我觉得像杨花，格外确切些。轻风起来时，点点随风飘散，那更是杨花了。——这时偶然有几点送入我们温暖的怀里，便倏地钻了进去，再也寻它不着。

梅雨潭闪闪的绿色招引着我们；我们开始追捉她那离合的神光了。揪着草，攀着乱石，小心探身下去，又鞠躬过了一个石穹门，便到了汪汪一碧的潭边了。瀑布在襟袖之间；但我的心中已没有瀑布了。我的心随潭水的绿而摇荡。那醉人的绿呀！仿佛一张极大极大的荷叶铺着，满是奇异的绿呀。我想张开两臂抱住她；但这是怎样一个妄想呀。——站在水边，望到那面，居然觉着有些远呢！这平铺着、厚积着的绿，着实可爱。她松松地皱缬着，像少妇拖着的裙幅；她轻轻地摆弄着，像跳动的初恋的处女的心；她滑滑地明亮着，像涂了“明油”一般，有鸡蛋清那样软，那样嫩，令人想着所曾触过的最嫩的皮肤；她又不杂些儿尘滓，宛然一块温润的碧玉，只清清的一色——但你却看不透她！我曾见过北京什刹海拂地的绿杨，脱不了鹅黄的底子，似乎太淡了。我又曾见过杭州虎跑寺近旁高峻而深密的“绿壁”，重叠着无穷的碧草与绿叶的，那又似乎太浓了。其余呢，西湖的波太明了，秦淮河的也太暗了。可爱的，我将什么来比拟你呢？我怎么比拟得出呢？大约潭是很深的，故能蕴蓄着这样奇异的绿；仿佛蔚蓝的天融了一块在里面似的，这才这般的鲜润呀。——那醉人的绿呀！我若能裁你以为带，我将赠给那轻盈的舞女；她必能临风飘举了。我若能挹你以为眼，我将赠给那善歌的盲妹；她必明眸善睐了。我舍不得你；我怎舍得你呢？我用手拍着你，抚摩着你，如同一个十二三岁的小姑娘。我又掬你入口，便是吻着她了。我送你一个名字，我从此叫你“女儿绿”，好么？

我第二次到仙岩的时候，我不禁惊诧于梅雨潭的绿了。

二月八日于温州

桨声灯影里的秦淮河

一九二三年八月的一晚，我和平伯同游秦淮河；平伯是初泛，我是重来了。我们雇了一只“七板子”，在夕阳已去、皎月方来的时候，便下了船。于是桨声汩——汩，我们开始领略那晃荡着蔷薇色的历史的秦淮河的滋味了。

秦淮河里的船，比北京万甡园、颐和园的船好，比西湖的船好，比扬州瘦西湖的船也好。这几处的船不是觉着笨，就是觉着简陋、局促；都不能引起乘客们的情韵，如秦淮河的船一样。秦淮河的船约略可分为两种：一是大船；一是小船，就是所谓“七板子”。大船舱口阔大，可容二三十人。里面陈设着字画和光洁的红木家具，桌上一律嵌着冰凉的大理石面。窗格雕镂颇细，使人起柔腻之感。窗格里映着红色蓝色的玻璃；玻璃上有精致的花纹，也颇悦人目。“七板子”规模虽不及大船，但那淡蓝色的栏杆、空敞的舱，也足系人情思。而最出色处却在它的舱前。舱前是甲板上的一部。上面有弧形的顶，两边用疏疏的栏杆支着。里面通常放着两张藤的躺椅。躺下，可以谈天，可以望远，可以顾盼两岸的河房。大船上也有这个，便在小船上更觉清隽罢了。舱前的顶下，一律悬着灯彩；灯的多少、明暗，彩苏的精粗、艳晦，是不一的。但好歹总还你一个灯彩。这灯彩实在是最能钩人的东西。夜幕垂垂地下来时，大小船上都点起灯火。从两重玻璃里映出那辐射着的黄黄的散光，反晕出一片朦胧的烟霭；透过这烟霭，在黯黯的水波里，又逗起缕缕的明漪。在这薄霭和微漪里，听着那悠然的间歇的桨声，谁能不被引入他的美梦去呢？只愁梦太多了，这些大小船儿如何载得起呀？我们这时模模糊糊地谈着明末的秦淮河的艳迹，如《桃花扇》及《板桥杂记》里所载的。我们真神往了。我们仿佛亲见那时华灯映水、画舫凌波的光景了。于是我们的船便成了历史的重载了。我们终于恍然秦淮河的船所以雅丽过于他处，而又有奇异的吸引力的，实在是许多历史的影像使然了。

秦淮河的水是碧阴阴的；看起来厚而不腻，或者是六朝金粉所凝么？我们初上船的时候，天色还未断黑，那漾漾的柔波是这样的恬静、委婉，使我们一面有水阔天空之想，一面又憧憬着纸醉金迷之境了。等到灯火明时，阴阴的变为沉沉了：黯淡的水光，像梦一般；那偶然闪烁着的光芒，就是梦的眼睛了。我们坐在舱前，因了那隆起的顶棚，仿佛总是昂着首向前走着似的；于是飘飘然如御风而行的我们，看着那些自在的湾泊着的船、船里走马灯般的人物，便像是下界一般，迢迢的远了，又像在雾里看花，尽朦朦胧胧的。这时我们已过了利涉桥，望见东关头了。沿路听见断续的歌声：有从沿河的妓楼飘来的，有从河上船里渡来的。我们明知那些歌声，只是些因袭的言词，从生涩的歌喉里机械地发出来的；但它们经了夏夜的微风的吹漾和水波的摇拂，袅娜着到我们耳边的时候，已经不单是她们的歌声，而混着微风和河水的密语了。于是我们不得不被牵惹着，震撼着，相与浮沉于这歌声里了。从东关头转弯，不久就到大中桥。大中桥共有三个桥拱，都很阔大，俨然是三座门儿；使我们觉得我们的船和船里的我们，在桥下过去时，真是太无颜色了。桥砖是深褐色，表明它的历史的长久；但都完好无缺，令人叹息于古昔工程的坚美。桥上两旁都是木壁的房子，中间应该有街路？这些房子都破旧了，多年烟熏的迹，遮没了当年的美丽。我想象秦淮河的极盛时，在这样宏阔的桥上，特地盖了房子，必然是髹漆得富富丽丽的；晚间必然是灯火通明的。现在却只剩下一片黑沉沉！但是桥上造着房子，毕竟使我们多少可以想见往日的繁华；这也慰情聊胜无了。过了大中桥，便到了灯月交辉、笙歌彻夜的秦淮河；这才是秦淮河的真面目哩。

大中桥外，顿然空阔，和桥内两岸排着密密的人家的大异了。一眼望去，疏疏的林，淡淡的月，衬着蓝蔚的天，颇像荒江野渡光景；那边呢，郁丛丛的，阴森森的，又似乎藏着无边的黑暗：令人几乎不信那是繁华的秦淮河了。但是河中眩晕着的灯光、纵横着的画舫、悠扬着的笛韵，夹着那吱吱的胡琴声，终于使我们认识绿如茵陈如酒的秦淮水了。此地天裸露着得多些，故觉夜来得独迟些；从清清的水影里，我们感到的只是薄薄的夜——这正是秦淮河的夜。大中桥外，本来还有一座复成桥，是船夫口中的我们的游踪尽处，或也是秦淮河繁华的尽处了。我的脚曾踏过复成桥的脊，在十三四岁的时候。但是两次游秦淮河，却都不曾见着复成桥的面；明知总在前途的，却常觉得有些虚无缥缈似的。我想，不见倒也好。这时正是盛夏。我们下船后，借着新生的晚凉和河上的微风，暑气已渐渐消散；到了此地，豁然开朗，身子顿然轻了——习习的清风荏苒在面上、手上、衣上，这便又感到了一缕新凉了。南京的日光，大概没有杭州猛烈；西湖的夏夜老是热蓬蓬的，水像沸着一般，秦淮河的水却尽是这样冷冷地绿着。任你人影的憧憧、歌声的扰扰，总像隔着一层薄薄的绿纱面幂似的；它尽是这样静静地、冷冷地绿着。我们出了大中桥，走不上半里路，船夫便将船划到一旁，停了桨由它宕着。他以为那里正是繁华的极点，再过去就是荒凉了；所以让我们多多赏鉴一会儿。他自己却静静地蹲着。他是看惯这光景的了，大约只是一个无可无不可。这无可无不可，无论是升的沉的，总之，都比我们高了。

那时河里闹热极了；船大半泊着，小半在水上穿梭似地来往。停泊着的都在近市的那一边，我们的船自然也夹在其中。因为这边略略的挤，便觉得那边十分的疏了。在每一只船从那边过去时，我们能画出它的轻轻的影和曲曲的波，在我们的心上；这显着是空，且显着是静了。那时处处都是歌声和凄厉的胡琴声，圆润的喉咙，确乎是很少的。但那生涩的、尖脆的调子能使人有少年的、粗率不拘的感觉，也正可快我们的意。况且多少隔开些儿听着，因为想象与渴慕的做美，总觉更有滋味；而竞发的喧嚣、抑扬的不齐、远近的杂沓，和乐器的嘈嘈切切，合成另一意味的谐音，也使我们无所适从，如随着大风而走。这实在因为我们的心枯涩久了，变为脆弱；故偶然润泽一下，便疯狂似地不能自主了。但秦淮河确也腻人。即如船里的人面，无论是和我们一堆儿泊着的，无论是从我们眼前过去的，总是模模糊糊的，甚至渺渺茫茫的；任你张圆了眼睛，揩净了眦垢，也是枉然。这真够人想呢。在我们停泊的地方，灯光原是纷然的；不过这些灯光都是黄而有晕的。黄已经不能明了，再加上了晕，便更不成了。灯愈多，晕就愈甚；在繁星般的黄的交错里，秦淮河仿佛笼上了一团光雾。光芒与雾气腾腾地晕着，什么都只剩了轮廓了；所以人面的详细的曲线，便消失于我们的眼底了。但灯光究竟夺不了那边的月色；灯光是浑的，月色是清的，在浑沌的灯光里，渗入了一派清辉，却真是奇迹！那晚月儿已瘦削了两三分。她晚妆才罢，盈盈地上了柳梢头。天是蓝得可爱，仿佛一汪水似的；月儿便更出落得精神了。岸上原有三株两株的垂杨树，淡淡的影子，在水里摇曳着。它们那柔细的枝条浴着月光，就像一支支美人的臂膊，交互地缠着，挽着；又像是月儿披着的发。而月儿偶然也从它们的交叉处偷偷窥看我们，大有小姑娘怕羞的样子。岸上另有几株不知名的老树，光光地立着；在月光里照起来，却又俨然是精神矍铄的老人。远处——快到天际线了，才有一两片白云，亮得现出异彩，像美丽的贝壳一般。白云下便是黑黑的一带轮廓；是一条随意画的不规则的曲线。这一段光景，和河中的风味大异了。但灯与月竟能并存着，交融着，使月成了缠绵的月，灯射着渺渺的灵辉；这正是天之所以厚秦淮河，也正是天之所以厚我们了。

这时却遇着了难解的纠纷。秦淮河上原有一种歌妓，是以歌为业的。从前都在茶舫上，唱些大曲之类。每日午后一时起；什么时候止，却忘记了。晚上照样也有一回，也在黄晕的灯光里。我从前过南京时，曾随着朋友去听过两次。因为茶舫里的人脸太多了，觉得不大适意，终于听不出所以然。前年听说歌妓被取缔了，不知怎的，颇设想了几次——却想不出什么。这次到南京，先到茶舫上去看看，觉得颇是寂寥，令我无端的怅怅了。不料她们却仍在秦淮河里挣扎着，不料她们竟会纠缠到我们，我于是很张皇了。她们也乘着“七板子”，她们总是坐在舱前的。舱前点着石油汽灯，光亮炫人眼目：坐在下面的，自然是纤毫毕见了——引诱客人们的力量，也便在此了。舱里躲着乐工等人，映着汽灯的余辉蠕动着；他们是永远不被注意的。每船的歌妓大约都是二人；天色一黑，她们的船就在大中桥外往来不息地兜生意。无论行着的船、泊着的船，都要来兜揽的。这都是我后来推想出来的。那晚不知怎样，忽然轮着我们的船了。我们的船好好地停着，一只歌舫划向我们来的；渐渐和我们的船并着了。铄铄的灯光逼得我们皱起了眉头；我们的风尘色全给它托出来了，这使我踧踖不安了。那时一个伙计跨过船来，拿着摊开的歌折，就近塞向我的手里，说："点几出吧！"他跨过来的时候，我们船上似乎有许多眼光跟着。同时相近的别的船上也似乎有许多眼睛炯炯地向我们船上看着。我真窘了！我也装出大方的样子，向歌妓们瞥了一眼，但究竟是不成的！我勉强将那歌折翻了一翻，却不曾看清了几个字；便赶紧递还那伙计，一面不好意思地说："不要，我们……不要。"他便塞给平伯。平伯掉转头去，摇手说："不要！"那人还腻着不走。平伯又回过脸来，摇着头道："不要！"于是那人重到我处。我窘着再拒绝了他。他这才有所不屑似地走了。我的心立刻放下，如释了重负一般。我们就开始自白了。

我说我受了道德律的压迫，拒绝了她们；心里似乎很抱歉的。这所谓抱歉，一面对于她们，一面对于我自己。她们于我们虽然没有很奢的希望；但总有些希望的。我们拒绝了她们，无论理由如何充足，却使她们的希望受了伤；这总有几分不做美了。这是我觉得很怅怅的。至于我自己，更有一种不足之感。我这时被四面的歌声诱惑了，降服了；但是远远的、远远的歌声总仿佛隔着重衣搔痒似的，越搔越搔不着痒处。我于是憧憬着贴耳的妙音了。在歌舫划来时，我的憧憬，变为盼望；我固执地盼望着，有如饥渴。虽然从浅薄的经验里，也能够推知，那贴耳的歌声，将剥去了一切的美妙；但一个平常的人像我的，谁愿凭了理性之力去丑化未来呢？我宁愿自己骗着了。不过我的社会感性是很敏锐的；我的思力能拆穿道德律的西洋镜，而我的感情却终于被它压服着，我于是有所顾忌了，尤其是在众目昭彰的时候。道德律的力，本来是民众赋予的；在民众的面前，自然更显出它的威严了。我这时一面盼望，一面却感到了两重的禁制：一、在通俗的意义上，接近妓者总算一种不正当的行为；二、妓是一种不健全的职业，我们对于她们，应有哀矜勿喜之心，不应赏玩地去听她们的歌。在众目睽睽之下，这两种思想在我心里最为旺盛。它们暂时压倒了我的听歌的盼望，这便成就了我的灰色的拒绝。那时的心实在异常状态中，觉得颇是昏乱。歌舫去了，暂时宁靖之后，我的思绪又如潮涌了。两个相反的意思在我心头往复：卖歌和卖淫不同，听歌和狎妓不同，又干道德甚事？——但是，但是，她们既被逼得以歌为业，她们的歌必无艺术味的；况她们的身世，我们究竟该同情的。所以拒绝倒也是正办。但这些意思终于不曾撇开我的听歌的盼望。它力量异常坚强；它总想将别的思绪踏在脚下。从这重重的争斗里，我感到了浓厚的不足之感。这不足之感使我的心盘旋不安，起坐都不安宁了。唉！我承认我是一个自私的人！平伯呢，却与我不同。他引周启明先生的诗："因为我有妻子，所以我爱一切的女人，因为我有子女，所以我爱一切的孩子。"[1]他的意思可以见了。他因为推及的同情，爱着那些歌妓，并且尊重着她们，所以拒绝了她们。在这种情形下，他自然以为听歌是对于她们的一种侮辱。但他也是想听歌的，虽然不和我一样，所以在他的心中，当然也有一番小小的争斗；争斗的结果，是同情胜了。至于道德律，在他是没有什么的；因为他很有蔑视一切的倾向，民众的力量在他是不大觉着的。这时他的心意的活动比较简单，又比较松弱，故事后还怡然自若；我却不能了。这里平伯又比我高了。

在我们谈话中间，又来了两只歌舫。伙计照前一样地请我们点戏，我们照前一样地拒绝了。我受了三次窘，心里的不安更甚了。清艳的夜景也为之减色。船夫大约因为要赶第二趟生意，催着我们回去；我们无可无不可地答应了。我们渐渐和那些晕黄的灯光远了，只有些月色冷清清地随着我们的归舟。我们的船竟没个伴儿，秦淮河的夜正长哩！到大中桥近处，才遇着一只来船。这是一只载妓的板船，黑漆漆的没有一点光。船头上坐着一个妓女；暗里看出，白地小花的衫子，黑的下衣。她手里拉着胡琴，口里唱着青衫的调子。她唱得响亮而圆转；

---

① 原诗是："我为了自己的儿女才爱小孩子，为了自己的妻才爱女人。"见朱自清等八人：《雪朝》，上海：商务印书馆1922年版，第48页。

当她的船箭一般驶过去时，余音还袅袅地在我们耳际，使我们倾听而向往。想不到在弩末的游踪里，还能领略到这样的清歌！这时船过大中桥了，森森的水影，如黑暗张着巨口，要将我们的船吞了下去。我们回顾那渺渺的黄光，不胜依恋之情；我们感到了寂寞了！这一段地方夜色甚浓，又有两头的灯火招邀着；桥外的灯火不用说了，过了桥另有东关头疏疏的灯火。我们忽然仰头看见依人的素月，不觉深悔归来之早了！走过东关头，有一两只大船湾泊着，又有几只船向我们来着。嚣嚣的一阵歌声人语，仿佛笑我们无伴的孤舟哩。东关头转弯，河上的夜色更浓了；临水的妓楼上，时时从帘缝里射出一线一线的灯光；仿佛黑暗从酣睡里眨了一眨眼。我们默然地对着，静听那汩——汩的桨声，几乎要入睡了；朦胧里却温寻着适才的繁华的余味。我那不安的心在静里愈显活跃了！这时我们都有了不足之感，而我的更其浓厚。我们却又不愿回去，于是只能由懊悔而怅惘了。船里便满载着怅惘了。直到利涉桥下，微微嘈杂的人声，才使我豁然一惊；那光景却又不同。右岸的河房里，都大开了窗户，里面亮着晃晃的电灯，电灯的光射到水上，蜿蜒曲折，闪闪不息，正如跳舞着的仙女的臂膊。我们的船已在她的臂膊里了；如睡在摇篮里一样，倦了的我们便又入梦了。那电灯下的人物，只觉像蚂蚁一般，更不去萦念。这是最后的梦；可惜是最短的梦！黑暗重复落在我们面前，我们看见傍岸的空船上一星两星的、枯燥无力又摇摇不定的灯光。我们的梦醒了，我们知道就要上岸了；我们心里充满了幻灭的情思。

一九二三年十月十一日于温州

荷塘月色

这几天心里颇不宁静。今晚在院子里坐着乘凉，忽然想起日日走过的荷塘，在这满月的光里，总该另有一番样子吧。月亮渐渐地升高了，墙外马路上孩子们的欢笑，已经听不见了；妻在屋里拍着闰儿，迷迷糊糊地哼着眠歌。我悄悄地披了大衫，带上门出去。

沿着荷塘，是一条曲折的小煤屑路。这是一条幽僻的路；白天也少人走，夜晚更加寂寞。荷塘四面，长着许多树，蓊蓊郁郁的。路的一旁，是些杨柳，和一些不知道名字的树。没有月光的晚上，这路上阴森森的，有些怕人。今晚却很好，虽然月光也还是淡淡的。

路上只我一个人，背着手踱着。这一片天地好像是我的；我也像超出了平常的自己，到了另一世界里。我爱热闹，也爱冷静；爱群居，也爱独处。像今晚上，一个人在这苍茫的月下，什么都可以想，什么都可以不想，便觉是个自由的人。白天里一定要做的事，一定要说的话，现在都可不理。这是独处的妙处，我且受用这无边的荷香月色好了。

曲曲折折的荷塘上面，弥望的是田田的叶子。叶子出水很高，像亭亭的舞女的裙。层层的叶子中间，零星地点缀着些白花，有袅娜地开着的，有羞涩地打着朵儿的；正如一粒粒的明珠，又如碧天里的星星，又如刚出浴的美人。微风过处，送来缕缕清香，仿佛远处高楼上渺茫的歌声似的。这时候叶子与花也有一丝的颤动，像闪电般，霎时传过荷塘的那边去了。叶子本是肩并肩密密地挨着，这便宛然有了一道凝碧的波痕。叶子底下是脉脉的流水，遮住了，不能见一些颜色；而叶子却更见风致了。

月光如流水一般，静静地泻在这一片叶子和花上。薄薄的青雾浮起在荷塘里。叶子和花仿佛在牛乳中洗过一样；又像笼着轻纱的梦。虽然是满月，天上却有一层淡淡的云，所以不能朗照；但我以为这恰是到了好处——酣眠固不可少，小睡也别有风味的。月光是隔了树照过来的，高处丛生的灌木，落下参差的斑驳的黑影，峭楞楞如鬼一般；弯弯的杨柳的稀疏的倩影，却又像是画在荷叶上。塘中的月色并不均匀；但光与影有着和谐的旋律，如梵婀铃上奏着的名曲。

荷塘的四面，远远近近，高高低低都是树，而杨柳最多。这些树将一片荷塘重重围住；只在小路一旁，漏着几段空隙，像是特为月光留下的。树色一例是阴阴的，乍看像一团烟雾；但杨柳的丰姿，便在烟雾里也辨得出。树梢上隐隐约约的是一带远山，只有些大意罢了。树缝里也漏着一两点路灯光，没精打采的，是渴睡人的眼。这时候最热闹的，要数树上的蝉声与水里的蛙声；但热闹是它们的，我什么也没有。

忽然想起采莲的事情来了。采莲是江南的旧俗，似乎很早就有，而六朝时为盛；从诗歌里可以约略知道。采莲的是少年的女子，她们是荡着小船，唱着艳歌去的。采莲人不用说很多，还有看采莲的人。那是一个热闹的季节，也是一个风流的季节。梁元帝《采莲赋》里说得好：

> 于是妖童媛女，荡舟心许；鹢首徐回，兼传羽杯；棹将移而藻挂，船欲动而萍开。尔其纤腰束素，迁延顾步；夏始春余，叶嫩花初，恐沾裳而浅笑，畏倾船而敛裾。

可见当时嬉游的光景了。这真是有趣的事，可惜我们现在早已无福消受了。

于是又记起《西洲曲》里的句子：

> 采莲南塘秋，莲花过人头；低头弄莲子，莲子清如水。

今晚若有采莲人，这儿的莲花也算得“过人头”了；只不见一些流水的影子，是不行的。这令我到底惦着江南了。——这样想着，猛一抬头，不觉已是自己的门前；轻轻地推门进去，什么声息也没有，妻已睡熟好久了。

一九二七年七月于北京清华园

扬州的夏日

扬州从隋炀帝以来，是诗人文士所称道的地方；称道的多了，称道得久了，一般人便也随声附和起来。直到现在，你若向人提起扬州这个名字，他会点头或摇头说："好地方！好地方！"特别是没去过扬州而念过些唐诗的人，在他心里，扬州真像蜃楼海市一般美丽；他若念过《扬州画舫录》一类书，那更了不得了。但在一个久住扬州像我的人，他却没有那么多美丽的幻想，他的憎恶也许掩住了他的爱好；他也许离开了三四年并不去想它。若是想呢，——你说他想什么？女人；不错，这似乎也有名，但怕不是现在的女人吧？——他也只会想着扬州的夏日，虽然与女人仍然不无关系的。

北方和南方一个大不同，在我看，就是北方无水而南方有。诚然，北方今年大雨，永定河、大清河甚至决了堤防，但这并不能算是有水；北平的三海和颐和园虽然有点儿水，但太平衍了，一览而尽，船又那么笨头笨脑的。有水的仍然是南方。扬州的夏日，好处大半便在水上——有人称为"瘦西湖”，这个名字真是太“瘦”了，假西湖之名以行，“雅得这样俗”，老实说，我是不喜欢的。下船的地方便是护城河，曼衍开去，曲曲折折，直到平山堂，——这是你们熟悉的名字——有七八里河道，还有许多杈杈桠桠的支流。这条河其实也没有顶大的好处，只是曲折而有些幽静，和别处不同。

沿河最著名的风景是小金山、法海寺、五亭桥；最远的便是平山堂了。金山你们是知道的，小金山却在水中央。在那里望水最好，看月自然也不错——可是我还不曾有过那样福气。“下河”的人十之九是到这儿的，人不免太多些。法海寺有一个塔，和北海的一样，据说是乾隆皇帝下江南，盐商们连夜督促匠人造成的。法海寺著名的自然是这个塔；但还有一桩，你们猜不着，是红烧猪头。夏天吃红烧猪头，在理论上也许不甚相宜；可是在实际上，挥汗吃着，倒也不坏的。五亭桥如名字所示，是五个亭子的桥。桥是拱形，中一亭最高，两边四亭，参差相称；最宜远看，或看影子，也好。桥洞颇多，乘小船穿来穿去，另有风味。平山堂在蜀冈上。登堂可见江南诸山淡淡的轮廓；“山色有无中”一句话，我看是恰到好处，并不算错。这里游人较少，闲坐在堂上，可以永日。沿路光景，也以闲寂胜。从天宁门或北门下船。蜿蜒的城墙，在水里倒映着苍黝的影子，小船悠然地撑过去，岸上的喧扰像没有似的。

船有三种：大船专供宴游之用，可以狎妓或打牌。小时候常跟了父亲去，在船里听着谋得利洋行的唱片。现在这样乘船的大概少了吧？其次是“小划子”，真像一瓣西瓜，由一个男人或女人用竹篙撑着。乘的人多了，便可雇两只，前后用小凳子跨着：这也可算得“方舟”了。后来又有一种“洋划”，比大船小，比“小划子”大，上支布篷，可以遮日遮雨。“洋划”渐渐地多，大船渐渐地少，然而“小划子”总是有人要的。这不独因为价钱最贱，也因为它的伶俐。一个人坐在船中，让一个人站在船尾上用竹篙一下一下地撑着，简直是一首唐诗，或一幅山水画。而有些好事的少年，愿意自己撑船，也非“小划子”不行。“小划子”虽然便宜，却也有些分别。譬如说，你们也可想到的，女人撑船总要贵些；姑娘撑的自然更要贵啰。这些撑船的女子，便是有人说过的“瘦西湖上的船娘”。船娘们的故事大概不少，但我不很知道。据说以乱头粗服、风趣天然为胜；中年而有风趣，也仍然算好。可是起初原是逢场作戏，或尚不伤廉惠；以后居然有了价格，便觉意味索然了。

北门外一带，叫作下街，“茶馆”最多，往往一面临河。船行过时，茶客与乘客可以随便招呼说话。船上人若高兴时，也可以向茶馆中要一壶茶，或一两种“小笼点心”，在河中喝着，吃着，谈着。回来时再将茶壶和所谓小笼，连价款一并交给茶馆中人。撑船的都与茶馆相熟，他们不怕你白吃。扬州的小笼点心实在不错：我离开扬州，也走过七八处大大小小的地方，还没有吃过那样好的点心；这其实是值得惦记的。茶馆的地方大致总好，名字也颇有好的。如香影廊、绿杨村、红叶山庄，都是到现在还记得的。绿杨村的幌子，挂在绿杨树上，随风飘展，使人想起“绿杨城郭是扬州”的名句。里面还有小池、丛竹、茅亭，景物最幽。这一带的茶馆布置都历落有致，迥非上海、北平方方正正的茶楼可比。

“下河”总是下午。傍晚回来，在暮霭朦胧中上了岸，将大褂折好搭在腕上，一手微微摇着扇子；这样进了北门或天宁门走回家中。这时候可以念“又得浮生半日闲”那一句诗了。

潭柘寺　戒坛寺

早就知道潭柘寺、戒坛寺。在商务印书馆的《北平指南》上，见过潭柘的铜图，小小的一块，模模糊糊的，看了一点没有想去的意思。后来不断地听人说起这两座庙；有时候说路上不平静，有时候说路上红叶好。说红叶好的劝我秋天去；但也有人劝我夏天去。有一回骑驴上八大处，赶驴的问逛过潭柘没有，我说没有。他说潭柘风景好，那儿满是老道，他去过，离八大处七八十里地，坐轿骑驴都成。我不大喜欢老道的装束，尤其是那满蓄着的长头发，看上去啰里啰唆，龌里龌龊的。更不想骑驴走七八十里地，因为我知道驴子与我都受不了。真打动我的倒是"潭柘寺"这个名字。不懂不是？就是不懂的妙。躲懒的人念成"潭拓寺"，那更莫名其妙了。这怕是中国文法的花样；要是来个欧化，说是"潭和柘的寺"，那就用不着咬嚼或吟味了。还有在一部诗话里看见近人咏戒坛松的七古，诗腾挪夭矫，想来松也如此。所以去。但是在夏秋之前的春天，而且是早春；北平的早春是没有花的。

这才认真打听去过的人。有的说住潭柘好，有的说住戒坛好。有的人说路太难走，走到了筋疲力尽，再没兴致玩儿；有人说走路有意思。又有人说，去时坐了轿子，半路上前后两个轿夫吵起来，把轿子搁下，直说不抬了。于是心中暗自决定，不坐轿，也不走路；取中道，骑驴子。又按普通说法，总是潭柘寺在前，戒坛寺在后，想着戒坛寺一定远些；于是决定住潭柘，因为一天回不来，必得住。门头沟下车时，想着人多，怕雇不着许多驴，但是并不然——雇驴的时候，才知道戒坛去便宜一半，那就是说近一半。这时候自己忽然逞起能来，要走路。走吧。

这一段路可够瞧的。像是河床，怎么也挑不出没有石子的地方，脚底下老是绊来绊去的，叫人心烦。又没有树木，甚至于没有一根草。这一带原是煤窑，拉煤的大车往来不绝，尘土里饱和着煤屑，变成黯淡的深灰色，叫人看了透不出气来。走一点钟光景。自己觉得已经有点办不了，怕没有走到便筋疲力尽；幸而山上下来一条驴，如获至宝似地雇下，骑上去。这一天东风特别大。平常骑驴就不稳，风一大真是祸不单行。山上东西都有路，很窄，下面是斜坡；本来从西边走，驴夫看风势太猛，将驴拉上东路。就这么着，有一回还几乎让风将驴吹倒；若走西边，没有准儿会驴我同归哪。想起从前人画风雪骑驴图，极是雅事；大概那不是上潭柘寺去的。驴背上照例该有些诗意，但是我，下有驴子，上有帽子眼镜，都要照管；又有迎风下泪的毛病，常要掏手巾擦干。当其时真恨不得生出第三只手来才好。

东边山峰渐起，风是过不来了；可是驴也骑不得了，说是坎儿多。坎儿可真多。这时候精神倒好起来了：崎岖的路正可以练腰脚，处处要眼到心到脚到，不像平地上。人多更有点竞赛的心理，总想走上最前头去，再则这儿的山势虽然说不上险，可是突兀、丑怪、巉刻的地方有的是。我们说这才有点儿山的意思；老像八大处那样，真叫人气闷闷的。于是一直走到潭柘寺后门；这段坎儿路比风里走过的长一半，小驴毫无用处，驴夫说："咳，这不过给您做个伴儿！"

墙外先看见竹子，且不想进去。又密，又粗，虽然不够绿。北平看竹子，真不易。又想到八大处了，大悲庵殿前那一溜儿，薄得可怜，细得也可怜，比起这儿，真是小巫见大巫了。进去过一道角门，门旁突然亭亭地矗立着两竿粗竹子，在墙上紧紧地挨着；要用批文章的成语，这两竿竹子足称得起"天外飞来之笔"。

正殿屋角上两座琉璃瓦的鸱吻，在台阶下看，值得徘徊一下。神话说殿基本是青龙潭，一夕风雨，顿成平地，涌出两鸱吻。只可惜现在的两座太新鲜，与神话的朦胧幽秘的境界不相称。但是还值得看，为的是大得好，在太阳里嫩黄得好，闪亮得好；那拴着的四条黄铜链子也映衬得好。寺里殿很多，层层折折高上去，走起来已经不平凡，每殿大小又不一样，塑像摆设也各出心裁。看完了，还觉得无穷无尽似的。正殿下延清阁是待客的地方，远处群山像屏障似的。屋子结构甚巧，穿来穿去，不知有多少间，好像一所大宅子。可惜尘封不扫，我们住不着。话说回来，这种屋子原也不是预备给我们这么多人挤着住的。寺门前一道深沟，上有石桥；那时没有水，若是现在去，倚在桥上听潺潺的水声，倒也可以忘我忘世。过桥四株马尾松，枝枝覆盖，叶叶交通，另成一个境界。西边小山上有个古观音洞。洞无可看，但上去时在山坡上看潭柘的侧面，宛如仇十洲的《仙山楼阁图》；往下看是陡峭的沟岸，越显得深深无极，潭柘简直有海上蓬莱的意味了。寺以泉水著名，到处有石槽引水长流，倒也涓涓可爱。只是流觞亭雅得那样俗，在石地上楞刻着蚯蚓般的槽；那样流觞，怕只有孩子们愿意干。现在兰亭的"流觞曲水"也和这儿的一鼻孔出气，不过规模大些。晚上因为带的铺盖薄，冻得睁着眼，却听了一夜的泉声；心里想要不冻着，这泉声够多清雅啊！寺里并无一个老道，但那几个和尚，满身铜臭，满眼势利，教人老不能忘记，倒也麻烦的。

第二天清早，二十多人满雇了牲口，向戒坛而去，颇有浩浩荡荡之势。我的是一匹骡子，据说稳得多。这是第一回，高高兴兴骑上去。这一路要翻罗喉岭。只是土山，可是道儿窄，又曲折；虽不高，老那么凸凸凹凹的。许多处只容得一匹牲口过去。平心说，是险点儿。想起古来用兵，从间道袭敌人，许也是这种光景吧。

戒坛在半山上，山门是向东的。一进去就觉得平旷；南面只有一道低低的砖栏，下边是一片平原，平原尽处才是山，与众山屏蔽的潭柘气象便不同。进二门，更觉得空阔疏朗，仰看正殿前的平台，仿佛汪洋千顷。这平台东西很长，是戒坛最胜处，眼界最宽，叫人想起“振衣千仞冈”的诗句。三株名松都在这里。“卧龙松”与“抱塔松”同是偃仆的姿势，身躯奇伟，鳞甲苍然，有飞动之意。“九龙松”老干槎枒，如张牙舞爪一般。若在月光底下，森森然的松影当更有可看。此地最宜低徊流连，不是匆匆一览所可领略。潭柘以层折胜，戒坛以开朗胜；但潭柘似乎更幽静些。戒坛的和尚，春风满面，却远胜于潭柘的；我们之中颇有悔不该在潭柘的。戒坛后山上也有个观音洞。洞宽大而深，大家点了火把嚷嚷闹闹地下去；半里光景的洞满是油烟，满是声音。洞里有石虎、石龟、上天梯、海眼等等，无非是凑凑人的热闹而已。

还是骑骡子。回到长辛店的时候，两条腿几乎不是我的了。

一九三四年八月三日

旅行杂记

这次中华教育改进社在南京开第三届年会，我也想观观光；故“不远千里”地从浙江赶到上海，决于七月二日附赴会诸公的车尾而行。

殷勤的招待

七月二日正是浙江与上海的社员乘车赴会的日子。在上海这样大车站里，多了几十个改进社社员，原也不一定能够显出甚至异样；但我却觉得确乎是不同了，“一时之盛”的光景，在车站的一角上，是显然可见的。这是在茶点室的左边；那里丛着一群人，正在向两位特派的招待员接洽。壁上贴着一张黄色的磅纸，写着龙蛇飞舞的字：“二等四元□，三等二元□。”两位招待员开始执行职务了；这时已是六点四十分，离开车还有二十分钟了。招待员所应做的第一大事，自然是买车票。买车票是大家都会的，买半票却非由他们二位来“优待”

一下不可。“优待”可真不是容易的事！他们实行“优待”的时候，要向每个人取名片、票价，——还得找钱。他们往还于茶点室和售票处之间，少说些，足有二十次！他们手里是拿着一叠名片和钞票洋钱；眼睛总是张望着前面，仿佛遗失了什么，急急寻觅一样；面部筋肉平板地紧张着；手和足的运动都像不是他们自己的。好容易费了二虎之力，居然买了几张票，凭着名片分发了。每次分发时，各位候补人都一拥而上。等到得不着票子，便不免有了三三两两的怨声了。那两位招待员买票事大，却也顾不得这些。可是钟走得真快，不觉七点还欠五分了。这时票子还有许多人没买着，大家都着急；而招待员竟不出来！有的人急忙寻着他们，情愿取回了钱，自买全票；有的向他们顿足舞手地责备着。他们却只是忙着照名片退钱，一言不发。——真好性儿！于是大家三步并作两步，自己去买票子；这一挤非同小可！我除照付票价外，还出了一身大汗，才弄到一张三等车票。这时候对两位招待员的怨声真载道了：“这样的饭桶！”“真饭桶！”“早做什么事的？”“六点钟就来了，还是自己买票，冤不冤！”我猜想这时候两位招待员的耳朵该有些儿热了。其实我倒能原谅他们，无论招待的成绩如何，他们的眼睛和腿总算忙得可以了，这也总算是殷勤了；他们也可以对得起改进社了，改进社也可以对得起他们的社员了。——上车后，车就开了；有人问：“两个饭桶来了没有？”“没有吧！”车是开了。

“躬逢其盛”

七月二日的晚上，花了约莫一点钟的时间，才在大会注册组买了一张旁听的标识。这个标识很不漂亮，但颇有实用。七月三日早晨的年会开幕大典，我得躬逢其盛，全靠着它呢。

七月三日的早晨，大雨倾盆而下。这次大典在中正街公共讲演厅举行。该厅离我所住的地方有六七里路远；但我终于冒了狂风暴雨，乘了黄包车赴会。在这一点上，我的热心决不下于社员诸君的。

到了会场门首，早已停着许多汽车、马车；我知道这确乎是大典了。走进会场，坐定细看，一切都很从容，似乎离开会的时间还远得很呢！——虽然规定的时间已经到了。楼上正中是女宾席，似乎很是寥寥；两旁都是军警席——正和楼下的两旁一样。一个黑色的警察，间着一个灰色的兵士，静默地立着。他们大概不是来听讲的，因为既没有赛磁的社员徽章，又没有和我一样的旁听标识，而且也没有真正的“席”——座位。（我所谓“军警席”，是就实际而言，当时场中并无此项名义，合行声明。）听说督军省长都要“驾临”该场；他们原是保卫“两长”来的，他们原是监视我们来的，好一个武装的会场！

那时“两长”未到，盛会还未开场；我们忽然要做学生了！一位教员风的女士走上台来，像一道光闪在听众的眼前；

她请大家练习《尽力中华》歌。大家茫然地立起，跟着她唱。但“出其不意，攻其不备”，有些人不敢高唱，有些人竟唱不出。所以唱完的时候，她温和地笑着向大家说：“这回太低了，等等再唱一回。”她轻轻地鞠了躬，走了。等了一等，她果然又来了。说完“一——二——三——四”之后，《尽力中华》的歌声果然很响地起来了。她将左手插在腰间，右手上下地挥着，表示节拍；挥手的时候，腰部以上也随着微微地向左右倾侧，显出极为柔软的曲线；她的头略略偏右仰着，嘴唇轻轻地动着，嘴唇以上，尽是微笑。唱完时，她仍笑着说：“好些了，等等再唱。”再唱的时候，她拍着两手，发出清脆的响，其余和前回一样。唱完，她立刻又“一——二——三——四”地要大家唱。大家似乎很惊愕，似乎她真看得大家和学生一样了；但是半秒钟的惊愕与不耐以后，终于又唱起来了——自然有一部分人，因疲倦而休息。于是大家的临时的学生时代告终。不一会，场中忽然纷扰，大家的视线都集中在东北角上；这是齐督军、韩省长来了，开会的时间真到了！

空空的讲坛上，这时竟济济一台了。正中有三张椅子，两旁各有一排椅子。正中的三人是齐燮元、韩国钧，另有一个西装少年；后来他演说，才知是“高督办”——就是讳“恩洪”的了——的代表。这三人端坐在台的正中，使我联想到大雄宝殿上的三尊佛像；他们虽坦然地坐着，我却无端地为他们“惶恐”着。——于是开会了，照着秩序单进行。详细的情形，有各报记述可看，毋庸在下再来饶舌。现在单表齐燮元、韩国钧和东南大学校长郭秉文博士的高论。齐燮元究竟是督军兼巡阅使，他的声音是加倍的宏亮；那时场中也特别肃静——齐燮元究竟与众不同呀！他咬字眼儿真咬得清白；他的话是“字本位”，是一个字一个字吐出来的。字与字间的时距，我不能指明，只觉比普通人说话延长罢了；最令我惊异而且焦躁的，是有几句说完之后。那时我总以为第二句应该开始了，岂知一等不来，二等不至，三等不到；他是在唱歌呢，这儿碰着全休止符了！等到三等等完，四拍拍毕，第二句的第一个字才姗姗地来了。这其间至少有一分钟；要用主观的计时法，简直可说足有五分钟！说来说去，究竟他说的是什么呢？我恭恭敬敬地答道：半篇八股！他用拆字法将“中华教育改进社”一题拆为四段：先做“教育”二字，是为第一股；次做“教育改进”，是为第二股；“中华教育改进”是第三股；加上“社”字，是第四股。层层递进，如他由督军而升巡阅使一样。齐燮原本是廪贡生，这类文章本是他的拿手戏；只因时代维新，不免也要改良一番，才好应世；八股只剩了四股，大约便是为此了。最教我不忘记的，是他说完后的那一鞠躬。那一鞠躬真是与众不同，鞠下去时，上半身全与讲桌平行，我们只看见他一头的黑发；他然后慢慢地立起退下。这其间费了普通人三个一鞠躬的时间，是的的确确的。接着便是韩国钧了。他有一篇改进社开会词，是开会前已分发了的。里面曾有一节，论及现在学风的不良，颇有痛心疾首之概。我很想听听他的高见。但他却不曾照本宣扬，他这时另有一番说话。他也经过了许多时间；但不知是我的精神不济，还是另有原因，我毫没有领会他的意思。只有煞尾的时候，他提高了喉咙，我也竖起了耳朵，这才听见他的警句了。他说："现在政治上南北是不统一的。今天到会诸君，却南北都有，同以研究教育为职志，毫无畛域之见。可见统一是要靠文化的，不能靠武力！"这最后一句话确是漂亮，赢得如雷的掌声和许多轻微的赞叹。他便在掌声里退下。这时我们所注意的，是在他肘腋之旁的齐燮元；可惜我眼睛不佳，不能看到他面部的变化，因而他的心情也不能详说：这是很遗憾的。于是——是我行文的"于是"，不是事实的"于是"，请注意——来了郭秉文博士。他说，我只记得他说："青年的思想应稳健、正确。"旁边有一位告诉我说："这是齐燮元的话。"但我却发见了，这也是韩国钧的话，便是开会辞里所说的。究竟是谁的话呢？或者是"英雄所见，大略相同"么？这却要请问郭博士自己了。但我不能明白：什么思想才算正确和稳健呢？郭博士的演说里不曾下注脚，我也只好终于莫测高深了。

还有一事，不可不记。在那些点缀会场的警察中，有一个瘦长的，始终笔直地站着，几乎不曾移过一步，真像石像一般，有着可怕的静默。我最佩服他那昂着的头和垂着的手；那天真苦了他们三位了！另有一个警官，也颇可观。他那肥硕的身体、凸出的肚皮、老是背着的双手，和那微微仰起的下巴、高高翘着的仁丹胡子，以及胸前累累挂着的徽章——那天场中，这后两件是他所独有的——都显出他的身份和骄傲。他在楼下左旁往来地徘徊着，似乎在督率着他的部下。我不能忘记他。

第三人称

七月□日，正式开会。社员全体大会外，便是许多分组会议。我们知道全体大会不过是那么回事，值得注意的是后者。我因为也忝然地做了国文教师，便决然无疑地投到国语教学组旁听。不幸听了一次，便生了病，不能再去。那一次所议的是“采用他、她、牠案”（大意如此，原文忘记了）；足足议了两个半钟头，才算不解决地解决了。这次讨论，总算详细已极，无微不至；在讨论时，很有几位英雄，舌本翻澜，妙绪环涌，使得我茅塞顿开，摇头佩服。这不可以不记。

其实我第一先应该佩服提案的人！在现在大家已经“采用”“他、她、牠”的时候，他才从容不迫地提出了这件议案，真可算得老成持重，“不敢为天下先”，确遵老子遗训的了。在我们礼仪之邦，无论何处，时间先生总是要先请一步的；所以这件议案不因为他的从容而被忽视，反因为他的从容而被尊崇，这就是所谓“让德”。且看当日之情形，谁不兴高而采烈？便可见该议案的号召之力了。本来呢，“新文学”里的第三人称代名词也太纷歧了！既“她”“伊”之互用，又“牠”“它”之不同，更有“佢”“彼”之流，窜跳其间；于是乎乌烟瘴气，一塌糊涂！提案人虽只为辨“性”起见，但指定的三字，皆属于也字系统，俨然有正名之意。将来“也”字系统若竟成为正统，那开创之功一定要归于提案人的。提案人有如彼的力量、如此的见解，怎不教人佩服？

讨论的中心点是在女人，就是在“她”字。“人”让他站着，“牛”也让它站着；所饶不过的是“女”人，就是“她”字旁边立着的那“女”人！于是辩论开始了。一位教师说：“据我的‘经验’，女学生总不喜欢‘她’字——男人的‘他’，只标一个‘人’字旁，女子的‘她’，却特别标一个‘女’字旁，表明是个女人；这是她们所不平的！我发出的讲义，上面的‘他’字，她们常常要将‘人’字旁改成‘男’字旁，可以见她们报复的意思了。”大家听了，都微微笑着，像很有味似的。另一位却起来驳道：“我也在女学堂教书，却没有这种情形！”海格尔的定律不错，调和派来了，他说：“这本来有两派：用文言的欢喜用‘伊’字，如周作人先生便是；用白话的欢喜用‘她’字，‘伊’字用得少些；其实两个字都是一样的。”“用文言的欢喜用‘伊’字”，这句话却有意思！文言里间或有“伊”字看见，这是真理；但若说那些“伊”都是女人，那却不免委屈了许多男人！周作人先生提倡用“伊”字也是实，但只是用在白话里；我可保证，他决不曾有什么

“用文言”的话！而且若是主张“伊”字用于文言，那和主张人有两只手一样，何必周先生来提倡呢？于是又冤枉了周先生！——调和终于无效，一位女教师立起来了。大家都倾耳以待，因为这是她们的切身问题，必有一番精当之论！她说话快极了，我听到的警句只是：“历来加‘女’字旁的字都是不好的字；‘她’字是用不得的！”一位“他”立刻驳道：“‘好’字岂不是‘女’字旁么？”大家都大笑了，在这大笑之中，忽有苍老的声音：“我看‘他’字譬如我们普通人坐三等车；‘她’字加了‘女’字旁，是请她们坐二等车，有什么不好呢？”这回真哄堂了，有几个人笑得眼睛亮晶晶的，眼泪几乎要出来；真是所谓“笑中有泪”了。后来的情形可有些模糊，大约便在谈笑中收了场；于是乎一幕喜剧告成。

“二等车”“三等车”这一个比喻，真是新鲜，足为修辞学开一崭新的局面，使我有永远的趣味。从前贾宝玉说男人的骨头是泥做的，女人的骨头是水做的，至今传为佳话；现在我们的辩士又发明了这个“二三等车”的比喻，真是媲美前修，启迪来学了。但这个“二三等之别”究竟也有例外；我离开南京那一晚，明明在三等车上看见三个“她”！我想：“她”“她”“她”何以不坐二等车呢？难道客气不成？——那位辩士的话应该是不错的！

一九二四年于温州

重庆行记

这回暑假到成都看看家里人和一些朋友，路过陪都，停留了四日。每天真是东游西走，几乎车不停轮，脚不停步。重庆真忙，像我这个无事的过客，在那大热天里，也不由自主地好比在旋风里转，可见那忙的程度。这倒是现代生活现代都市该有的快拍子。忙中所见，自然有限，并且模糊而不真切。但是换了地方，换了眼界，自然总觉得新鲜些，这就乘兴记下了一点儿。

飞

我从昆明到重庆是飞的。人们总羡慕海阔天空，以为一片茫茫，无边无界，必然大有可观。因此以为坐海船坐飞机是“不亦快哉”！其实也未必然。晕船晕机之苦且不谈，就是不晕的人或不晕的时候，所见虽大，也未必可观。海洋上见的往往是一片汪洋，水，水，水。当然有浪，但是浪小了无可看，大了无法看——那时得躲进舱里去。船上看浪，远不如岸上，更不如高处。海洋里看浪，也不如江湖里，海洋里只是水，只是浪，显不出那大气力。江湖里有的是遮遮碍碍的，山哪，城哪，什么的，倒容易见出一股劲儿。“江间波浪兼云涌”为的是巫峡勒住了江水；“波撼岳阳城”，得有那岳阳城，并且得在那岳阳城楼上看。

不错，海洋里可以看出日出和日落，但是得有运气。日出和日落全靠云霞烘托才有意思。不然，一轮呆呆的日头简直是个大傻瓜！云霞烘托虽也常有，但往往淡淡的、懒懒的，那还是没意思。得浓，得变，一眨眼一个花样，层出不穷，才有看头。这是可遇而不可求的。平生只见过两回的落日，都在陆上，不在水里。水里看见的，日出也罢，日落也罢，只是些傻瓜而已。这种奇观若是有意为之，大概白费气力居多。有一次大家在衡山上看日出，起了个大清早等着。出来了，出来了，有些人跳着嚷着。那时一丝云彩没有，日光直射，教人睁不开眼，不知那些人看到了些什么，那么跳跳嚷嚷的。许是在自己催眠吧。自然，海洋上也有美丽的日落和日出，见于记载的也有。但是得有运气，而有运气的并不多。

赞叹海的文学，描摹海的艺术，创作者似乎是在船里的少，在岸上的多。海太大太单调，真正伟大的作家也许可以单刀直入，一般离了岸却掉不出枪花来，像变戏法的离开了道具一样。这些文学和艺术引起未曾航海的人许多幻想，也给予已经航海的人许多失望。天空跟海一样，也大也单调。日月星的、云霞的文学和艺术似乎不少，都是下之视上，说到整个儿天空的却不多。星空、夜空还见点儿，昼空除了“青天”“明蓝的晴天”或“阴沉沉的天”一类词儿之外，好像再没有什么说的。但是初次坐飞机的人虽无多少文学艺术的背景帮助他的想象，却总还有那“天宽任鸟飞”的想象；加上别人的经验，上之视下，似乎不只是苍苍而已，也有那翻腾的云海，也有那平铺的锦绣。这就够揣摩的。

但是坐过飞机的人觉得也不过如此，云海飘飘拂拂地弥漫了上下四方，的确奇。可是高山上就可以看见；那可以是云海外看云海，似乎比飞机上云海中看云海还清切些。苏东坡说得好：“不识庐山真面目，只缘身在此山中。”飞机上看云，有时却只像一堆堆破碎的石头，虽也算得天上人间，可是我们还是愿看流云和停云，不愿看那死云、那荒原上的乱石堆。至于锦绣平铺，大概是有的，我却还未眼见。我只见那“亚洲第一大水扬子江”可怜得像条臭水沟似的。城市像地图模型，房屋像儿童玩具，也多少给人滑稽感。自己倒并不觉得怎样藐小，却只不明白自己是什么玩意儿。假如在海船里有时会觉得自己是傻子，在飞机上有时便会觉得自己是丑角吧。然而飞机快是真的，两点半钟，到重庆了，这倒真是个“不亦快哉”！

热

昆明虽然不见得四时皆春，可的确没有一般所谓夏天。今年直到七月初，晚上我还随时穿上衬绒袍。飞机在空中走，一直不觉得热，下了机过渡到岸上，太阳晒着，也还不觉得怎样热。在昆明听到重庆已经很热。记得两年前端午节在重庆一间屋里坐着，什么也不做，直出汗，那是一个时雨时晴的日子。想着一下机必然汗流浃背，可是过渡花了半点钟，满晒在太阳里，汗珠儿也没有沁出一个。后来知道前两天刚下了雨，天气的确清凉些，而感觉既远不如想象之甚，心里也的确清凉些。

滑竿沿着水边一线的泥路走，似乎随时可以滑下江去，然而毕竟上了坡。有一个坡很长，很宽，铺着大石板。来往的人很多，他们穿着各样的短衣，摇着各样的扇子，真够热闹的。片段的颜色和片段的动作混成一幅斑驳陆离的画面，像出于后期印象派之手。我赏识这幅画，可是好笑那些人，尤其是那些扇子。那些扇子似乎只是无所谓地机械地摇着，好像一些无事忙的人。当时我和那些人隔着一层扇子，和重庆也隔着一层扇子，也许是在滑竿儿上坐着，有人代为出力出汗，会那样心地清凉罢。

第二天上街一走，感觉果然不同，我分别了重庆的热了。扇子也买在手里了。穿着成套的西服在大太阳里等大汽车，等到了车，在车里挤着，实在受不住，只好脱了上装，摺起挂在膀子上。有一两回勉强穿起上装站在车里，头上脸上直流汗，手帕子简直揩抹不及，眉毛上、眼镜架上常有汗偷偷地滴下。这偷偷滴下的汗最叫人担心，担心它会滴在面前坐着的太太小姐的衣服上、头脸上，就不是太太小姐，而是绅士先生，也够那个的。再说若碰到那脾气躁的人，更是吃不了兜着走。曾在北平一家戏园里见某甲无意中碰翻了一碗茶，泼些在某乙的竹布长衫上，某甲直说好话，某乙却一声不响地拿起茶壶向某甲身上倒下去。碰到这种人，怕会大闹街车，而且是越闹越热，越热越闹，非到宪兵出面不止。

话虽如此，幸而倒没有出什么岔儿，不过为什么偏要白白地将上装挂在膀子上，甚至还要勉强穿上呢？大概是为的绷一手儿罢。在重庆人看来，这一手其实可笑，他们的夏威夷短裤儿照样绷得起，何必要多出汗呢？这儿重庆人和我到底还隔着一个心眼儿。再就说防空洞罢，重庆的防空洞，真是大大有名，死心眼儿的以为防空洞只能防空，想不到也能防热的，我看沿街的防空洞大半开着，洞口横七竖八地安些床铺、马札子、椅子、凳子，横七竖八地坐着、躺着各样衣着的男人、女人。在街心里走过，瞧着那懒散的样子，未免有点儿烦气。这自然是死心眼儿，但是多出汗又好烦气，我似乎倒比重庆人更感到重庆的热了。

行

衣食住行，为什么却从行说起呢？我是行客，写的是行记，自然以为行第一。到了重庆，得办事，得看人，非行不可，若是老在屋里坐着，压根儿我就不会上重庆来了。再说昆明市区小，可以走路；反正住在那儿，这回办不完的事，还可以留着下回办，不妨从从容容的，十分忙或十分懒的时候，才偶尔坐回黄包车、马车或公共汽车。来到重庆可不能这么办，路远、天热，日子少、事情多，只靠两腿怎么也办不了。况这儿的车又相应、又方便，又何乐而不坐坐呢？

前几年到重庆，似乎坐滑竿最多，其次黄包车，其次才是公共汽车。那时重庆的朋友常劝我坐滑竿，因为重庆东到西长，有一圈儿马路，南到北短，中间却隔着无数层坡儿。滑竿可以爬坡，黄包车只能走马路，往往要兜大圈子。至于公共汽车，常常挤得水泄不通，半路要上下，得费出九牛二虎之力，所以那时我总是起点上终点下的多，回数自然就少。坐滑竿上下坡，一是脚朝天，一是头冲地，有些惊人，但不要紧，滑竿夫倒把得稳。从前黄包车下打铜街那个坡，却真有惊人的着儿，车夫身子向后微仰，两手紧压着车把，不拉车而让车子推着走，脚底下不由自主地忽紧忽慢，看去有时好像不点地似的，但是一个不小心，压不住车把，车子会翻过去，那时真的是脚不点地了，这够险的。所以后来黄包车禁止走那条街，滑竿现在也限制了，只准上坡时坐。可是公共汽车却大进步了。

这回坐公共汽车最多，滑竿最少。重庆的公用汽车分三类，一是特别快车，只停几个大站，一律廿五元，从那儿坐到哪儿都一样，有些人常拣那候车人少的站口上车，兜个圈子回到原处，再向目的地坐；这样还比走路省时省力，比雇车省时省力省钱。二是专车，只来往政府区的上清寺和商业区的都邮街之间，也只停大站，廿五元。三是公共汽车，站口多，这回没有坐，好像一律十五元，这种车比较慢，行客要的是快，所以我没有坐。慢固然因停得多，更因为等得久。重庆汽车，现在很有秩序了，大家自动地排成单行，依次而进，座位满人，卖票人便宣布还可以挤几个，意思是还可以“站”几个。这时愿意站的可以上前去，不妨越次，但是还是一个跟一个“挤”满了，卖票宣布停止，叫等下次车，便关门吹哨子走了。公共汽车站多价贱，排班老是很长，在腰站上，一次车又往往上不了几个，因此一等就是二三十分钟，行客自然不能那么耐着性儿。

衣

二十七年春初过桂林，看见满街都是穿灰布制服的，长衫极少，女子也只穿灰衣和裙子。那种整齐、利落、朴素的精神，叫人肃然起敬；这是有训练的公众。后来听说外面人去得多了，长衫又多起来了。国民革命以来，中山服渐渐流行，短衣日见其多，抗战后更其盛行。从前看不起军人，看不惯洋人，短衣不愿穿，只有女人才穿两截衣，哪有堂堂男子汉去穿两截衣的。可是时世不同了，男子倒以短装为主，女子反而穿一截衣了。桂林长衫增多，增多的大概是些旧长衫，只算是回光返照。可是这两三年各处却有不少的新长衫出现，这是因为公家发的平价布不能做短服，只能做长衫，是个将就局儿。相信战后材料方便，还要回到短装的，这也是一种现代化。

四川民众苦于多年的省内混战，对于兵字深恶痛绝，特别称为“二尺五”和“棒客”，列为一等人。我们向来有“短衣帮”的名目，是泛指，“二尺五”却是特指，可都是看不起短衣。四川似乎特别看重长衫，乡下人赶场或入市，往往头缠白布，脚蹬草鞋，身上却穿着青布长衫。是粗布，有时很长，又常东补一块，西补一块的，可不含糊是长衫。也许向来是天府之国，衣食足而后知礼仪，便特别讲究仪表，至今还留着些流风余韵罢？然而城市中人却早就在赶时髦改短装了。短装原是洋派，但是不必遗憾，赵武灵王不是改了短装强兵强国吗？短装至少有好些方便的地方：夏天穿个衬衫短裤就可以大模大样地在街上走，长衫就似乎不成。只有广东天热，又不像四川在意小节，短衫裤可以行街。可是所谓短衫裤原是长裤短衫，广东的短衫又很长，所以还行得通，不过好像不及衬衫短裤的派头。

不过衬衫短裤似乎到底是便装，记得北平有个大学开教授会，有一位教授穿衬衫出入，居然就有人提出风纪问题来。三年前的夏季，在重庆我就见到有穿衬衫赴宴的了，这是一位中年的中级公务员，而那宴会是很正式的，座中还有位老年的参政员。可是那晚的确热，主人自己脱了上装，又请客人宽衣，于是短衫和衬衫围着圆桌子，大家也就一样了。西服的客人大概搭着上装来，到门口穿上，到屋里经主人一声“宽衣”，便又脱下，告辞时还是搭着走。其实真是多此一举，那么热还绷个什么呢？不如衬衫入座倒干脆些。可是中装的确得穿着长衫来去，只在室内才能脱下。西服客人累累赘赘带着上装，倒可以陪他们受点儿小罪，叫他们不至于因为这点不平而对于世道人心长吁短叹。

战时一切从简，衬衫赴宴正是“从简”。“从简”提高了便装的地位，于是乎造成了短便装的风气。先有皮夹克，春秋冬三季（在昆明是四季），大街上到处都见，黄的、黑的、拉链的、扣钮的、收底的、不收底边的，花样繁多。穿的人青年中年不分彼此，只除了六十以上的老头儿。从前穿的人多少带些个“洋”关系，现在不然，我曾在昆明乡下见过一个种地的，穿的正是这皮夹克，虽然旧些。不过还是司机穿得最早，这成了司机文化一个重要项目。皮夹克更是哪儿都可去，昆明我的一位教授朋友，就穿着一件老皮夹克教书、演讲、赴宴、参加典礼，到重庆开会，差不多是皮夹克为记。这位教授穿皮夹克，似乎在学晏子穿狐裘，三十年就靠那一件衣服，他是不是赶时髦，我不能冤枉人，然而皮夹克上了运是真的。

再就是我要说的这两年至少在重庆风行的夏威夷衬衫，简称夏威夷衫，最简称夏威衣。这种衬衫创自夏威夷，就是檀香山，原是一种土风。夏威夷岛在热带，译名虽从音，似乎也兼义。夏威夷衣自然只宜于热天，只宜于有“夏威”的地方，如中国的重庆等。重庆流行夏威衣却似乎只是近一两年的事。去年夏天一位朋友从重庆回到昆明，说是曾看见某首长穿着这种衣服在别墅的路上散步，虽然在黄昏时分，我的这位书生朋友总觉得不大像样子。今年我却看见满街都是的，这就是所谓上行下效罢？

夏威衣翻领像西服的上装，对襟面袖，前后等长，不收底边，不开岔儿，比衬衫短些。除了翻领，简直跟中国的短衫或小衫一般无二。但短衫穿不上街，夏威衣即可堂哉皇哉在重庆市中走来走去。那翻领是具体而微的西服，不缺少洋味，至于凉快，也是有的。夏威衣的确比衬衫通风；而看起来飘飘然，心上也爽利。重庆的夏威衣五光十色，好像白绸子黄咔叽居多，土布也有，绸的便更见其飘飘然，配长裤的好像比配短裤的多一些。在人行道上有时通过持续来了三五件夏威衣，一阵飘过去似的，倒也别有风味，参差零落就差点劲儿。夏威衣在重庆似乎比皮夹克还普遍些，因为便宜得多，但不知也会像皮夹克那样上品否。到了成都时，宴会上遇见一位上海新来的青年衬衫短裤入门，却不喜欢夏威衣（他说上海也有），说是无礼貌。这可是在成都、重庆人大概不会这样想吧？

一九四四年九月七日

小品

散文精读·朱自清 >>

生命的价格——七毛钱

生命本来不应该有价格的；而竟有了价格！人贩子、老鸨，以至近来的绑票土匪，都就他们的所有物，标上参差的价格，出卖于人；我想将来许还有公开的人市场呢！在种种“人货”里，价格最高的，自然是土匪们的票了，少则成千，多则成万；大约是有历史以来，“人货”的最高的行情了。其次是老鸨们所有的妓女，由数百元到数千元，是常常听到的。最贱的要算是人贩子的货色！他们所有的，只是些男女小孩，只是些“生货”，所以便卖不起价钱了。

人贩子只是“仲买人”，他们还得取给于“厂家”，便是出卖孩子们的人家。“厂家”的价格才真是道地呢！《青光》里曾有一段记载，说三块钱买了一个丫头；那是移让过来的，但价格之低，也就够令人惊诧了！“厂家”的价格，却还有更低的！三百钱、五百钱买一个孩子，在灾荒时不算难事！但我不曾见过。我亲眼看见的一条最贱的生命，是七毛钱买来的！这是一个五岁的女孩子。一个五岁的“女孩子”卖七毛钱，也许不能算是最贱；但请您细看：将一条生命的自由和七枚小银圆各放在天平的一个盘里，您将发现，正如九头牛与一根牛毛一样，两个盘儿的重量相差实在太远了！

我见这个女孩，是在房东家里。那时我正和孩子们吃饭；妻走来叫我看一件奇事，七毛钱买来的孩子！孩子端端正正地坐在条凳上；面孔黄黑色，但还丰润；衣帽也还整洁可看。我看了几眼，觉得和我们的孩子也没有什么差异；我看不出她的低贱的生命的符记——如我们看低贱的货色时所容易发见的符记。我回到自己的饭桌上，看看阿九和阿菜，始终觉得和那个女孩没有什么不同！但是，我毕竟发见真理了！我们的孩子所以高贵，正因为我们不曾出卖他们，而那个女孩所以低贱，正因为她是被出卖的；这就是她只值七毛钱的缘故了！呀，聪明的真理！

妻告诉我这孩子没有父母，她哥嫂将她卖给房东家姑爷开的银匠店里的伙计，便是带着她吃饭的那个人。他似乎没有老婆，手头很窘的，而且喜欢喝酒，是一个糊涂的人！我想这孩子父母若还在世，或者还舍不得卖她，至少也要迟几年卖她；因为她究竟是可怜可怜的小羔羊。到了哥嫂的手里，情形便不同了！家里总不宽裕，多一张嘴吃饭，多费些布做衣，是显而易见的。将来人大了，由哥嫂卖出，究竟是为难的；说不定还得找补些儿，才能送出去。这可多么冤呀！不如趁小的时候，谁也不注意，做个人情，送了干净！您想，温州不算十分穷苦的地方，也没碰着大荒年，干什么得了七个小毛钱，就心甘情愿地将自己的小妹子捧给人家呢？说等钱用？谁也不信！七毛钱了得什么急事！温州又不是没人买的！大约买卖两方本来相知；那边恰要个孩子玩儿，这边也乐得出脱，便半送半卖地含糊定了交易。我猜想那时伙计向袋里一摸一股脑儿掏了出来，只有七毛钱！哥哥原也不指望着这笔钱用，也就大大方方收了完事。于是财货两交，那女孩便归伙计管业了！

这一笔交易的将来，自然是在运命手里；女儿本姓“碰”，由她去碰罢了！但可知的，运命决不加惠于她！第一幕的戏已启示于我们了！照妻所说，那伙计必无这样耐心，抚养她成人长大！他将像豢养小猪一样，等到相当的肥壮的时候，便卖给屠户，任他宰割去；这其间他得了赚头，是理所当然的！但屠户是谁呢？在她卖做丫头的时候，便是主人！“仁慈的”主人只宰割她相当的劳力，如养羊而剪它的毛一样。到了相当的年纪，便将她配人。能够这样，她虽然被撳在丫头坯里，却还算不幸中之幸哩。但在目下这钱世界里，如此大方的人究竟是少的；我们所见的，十有六七是刻薄人！她若卖到这种人手里，他们必搒榨她过量的劳力。供不应求时，便骂也来了，打也来了！等她成熟时，却又好转卖给人家作妾；平常搒榨得不够，这儿又找补一个尾子！偏生这孩子模样儿又不好；入门不能得丈夫的欢心，容易遭大妇的凌虐，又是显然的！她的一生，将消磨于眼泪中了！也有些主人自己收婢作妾的；但红颜白发，也只空断送了她的一生！和前例相较，只是五十步与百步而已。——更可危的，她若被那伙计卖在妓院里，老鸨才真是个令人肉颤的屠户呢！我们可以想到：她怎样逼她学弹学唱，怎样驱遣她去做粗活！怎样用藤筋打她，用针刺她！怎样督责她承欢卖笑！她怎样吃残羹冷饭！怎样打熬着不得睡觉！怎样终于生了一身毒疮！她的相貌使她只能做下等妓女；她的沦落风尘是终生的！她的悲剧也是终生的！——唉！七毛钱竟买了你的全生命——你的血肉之躯竟抵不上区区七个小银圆么！生命真太贱了！生命真太贱了！

因此想到自己的孩子的运命，真有些胆寒！钱世界里的生命市场存在一日，都是我们孩子的危险！都是我们孩子的侮辱！您有孩子的人呀，想想看，这是谁之罪呢？这是谁之责呢？

一九二四年四月九日于宁波

航船中的文明

第一次乘夜航船，从绍兴府桥到西兴渡口。

绍兴到西兴本有汽油船。我因急于来杭，又因年来逐逐于火车轮船之中，也想“回到”航船里，领略先代生活的异样的趣味；所以不顾亲戚们的坚留和劝说（他们说航船里是很苦的），毅然决然地于下午六时左右下了船。有了“物质文明”的汽油船，却又有“精神文明”的航船，使我们徘徊其间，左右顾而乐之，真是二十世纪中国人的幸福了！

航船中的乘客大都是小商人；两个军弁是例外。满船没有一个士大夫；我区区或者可充个数儿，——因为我曾读过几年书，又忝为大夫之后——但也是例外之例外！真的，那班士大夫到哪里去了呢？这不消说得，都到了轮船里去了！士大夫虽也擎着大旗拥护精神文明，但千虑不免一失，竟为那物质文明的孙儿、满身洋油气的小玩意儿骗得定定的，忍心害理地撇了那老相好。于是航船虽然照常行驶，而光彩已减少许多！这确是一件可以慨叹的事；而“国粹将亡”的呼声，似也不是徒然的了。呜呼，是谁之咎欤？

既然来到这“精神文明”的航船里，正可将船里的精神文明考察一番，才不虚此一行。但从哪里下手呢？这可有些为难，踌躇之间，恰好来了一个女人。——我说“来了”，仿佛亲眼看见，而孰知不然；我知道她“来了”，是在听见她尖锐的语音的时候。至于她的面貌，我至今还没有看见呢。这第一要怪我的近视眼，第二要怪那袭人的暮色，第三要怪——哼——要怪那“男女分坐”的精神文明了。女人坐在前面，男人坐在后面；那女人离我至少有两丈远，所以便不可见其脸了。且慢，这样左怪右怪，“其词若有憾焉”，你们或者猜想那女人怎样美呢。而孰知又大大的不然！我也曾“约略地”看来，都是乡下的黄面婆而已。至于尖锐的语音，那是少年的妇女所常有的，倒也不足为奇。然而这一次，那来了的女人的尖锐的语音竟致劳动区区的执笔者，却又另有缘故。在那语音里，表示出对于航船里精神文明的抗议；她说：“男人女人都是人！”她要坐到后面来（因前面太挤，实无他故，合并声明），而航船里的“规矩”是不许的。船家拦住她，她仗着她不是姑娘了，便老了脸皮，大着胆子，慢慢地说了那句话。她随即坐在原处，而“批评家”的议论繁然了。一个船家在船沿上走着，随便地说：“男人女人都是人，是的，不错。做秤钩的也是铁，做秤锤的也是铁，做铁锚的也是铁，都是铁呀！”这一段批评大约十分巧妙，说出诸位“批评家”所要说的，于是众喙都息，这便成了定论。至于那女人，事实上早已坐下了；“孤掌难鸣”，或者她饱饫了诸位“批评家”的宏论，也不要鸣了罢。“是非之心”，虽然“人皆有之”，而撑船经商者流，对于名教之大防，竟能剖辨得这样“详明”，也着实亏他们了。中国毕竟是礼仪之邦、文明之古国呀！——我悔不该乱怪那“男女分坐”的精神文明了！

“祸不单行”，凑巧又来了一个女人。她是带着男人来的。——呀，带着男人！正是，所以才“祸不单行”呀！——说得满口好绍兴的杭州话，在黑暗里隐隐露着一张白脸；带着五六分城市气。船家照他们的“规矩”，要将这一对儿生刺刺地分开；男人不好意思做声，女的却抢着说：“我们是‘一堆生’[①]的！”太亲热的字眼，竟在“规规矩矩的”航船里说了！于是船家命令地嚷道：“我们有我们的规矩，不管你‘一堆生’不‘一堆生’的！”大家都微笑了。有的沉吟地说：“一堆生的？”有的惊奇地说：“一‘堆’生的！”有的嘲讽地说：“哼，一堆生的！”在这四面楚歌里，凭你怎样伶牙俐齿，也只得服从了！“妇者，服也”，这原是她的本行呀。只看她毫不置辩，毫不懊恼，还是若无其事地和人攀谈，便知她确乎是“服也”了。这不能不感谢船家和乘客诸公“卫道”之功；而论功行赏，船家尤当首屈一指。呜呼，可以风矣！

---

① 原注：“一块儿”也。

在黑暗里征服了两个女人，这正是我们的光荣；而航船中的精神文明，也粲然可见了——于是乎书。

一九二四年五月三日

论百读不厌

前些日子参加了一个讨论会，讨论赵树理先生的《李有才板话》。座中一位青年提出了一件事实：他读了这本书觉得好，可是不想重读一遍。大家费了一些时候讨论这件事实。有人表示意见，说不想重读一遍，未必减少这本书的好，未必减少它的价值。但是时间匆促，大家没有达到明确的结论。一方面似乎大家也都没有重读过这本书，并且似乎从没有想到重读它。然而问题不但关于这一本书，而是关于一切文艺作品。为什么一些作品有人“百读不厌”，另一些却有人不想读第二遍呢？是作品的不同吗？是读的人不同吗？如果是作品不同，“百读不厌”是不是作品评价的一个标准呢？这些都值得我们思索一番。

苏东坡有《送章惇秀才失解西归》诗，开头两句是：

> 旧书不厌百回读，
> 熟读深思子自知。

“百读不厌”这个成语就出在这里。“旧书”指的是经典，所以要“熟读深思”。《三国志·魏志·王肃传·注》：

> 人有从（董遇）学者，遇不肯教，而云“必当先读百遍”，言“读书百遍而意自见”。

经典文字简短，意思深长，要多读，熟读，仔细玩味，才能了解和体会。所谓“意自见”“子自知”，着重自然而然，这是不能着急的。这诗句原是安慰和勉励那考试失败的章惇秀才的话，劝他回家再去安心读书，说“旧书”不嫌多读，越读越玩味越有意思。固然经典值得“百回读”，但是这里着重的还在那读书的人。简化成“百读不厌”这个成语，却就着重在读的书或作品了。这成语常跟另一成语“爱不释手”配合着，在读的时候“爱不释手”，读过了以后“百读不厌”。这是一种赞词和评语，传统上确乎是一个评价的标准。当然，“百读”只是“重读”“多读”“屡读”的意思，并不一定一遍接着一遍地读下去。

经典给人知识，教给人怎样做人，其中有许多语言的、历史的、修养的课题，有许多注解，此外还有许多相关的考证，读上百遍，也未必能够处处贯通，教人多读是有道理的。但是后来所谓“百读不厌”，往往不指经典而指一些诗、一些文，以及一些小说；这些作品读起来津津有味，重读、屡读也不腻味，所以说“不厌”；“不厌”不但是“不讨厌”，并且是“不厌倦”。诗文和小说都是文艺作品，这里面也有一些语言和历史的课题，诗文也有些注解和考证；小说方面呢，却直到近代才有人注意这些课题，于是也有了种种考证。但是过去一般读者只注意诗文的注解，不大留心那些课题，对于小说更其如此。他们集中在本文的吟诵或浏览上。这些人吟诵诗文是为了欣赏，甚至于只为了消遣，浏览或阅读小说更只是为了消遣，他们要求的是趣味，是快感。这跟诵读经典不一样。诵读经典是为了知识，为了教训，得认真、严肃、正襟危坐地读，不像读诗文和小说可以马马虎虎的、随随便便的，在床上、在火车轮船上都成。这么着可还能够教人“百读不厌”，那些诗文和小说到底是靠了什么呢？

在笔者看来，诗文主要是靠了声调，小说主要是靠了情节。过去一般读者大概都会吟诵，他们吟诵诗文，从那吟诵的声调或吟诵的音乐得到趣味或快感，意义的关系很少；只要懂得字面儿，全篇的意义弄不清楚也不要紧的。梁启超先生说过李义山的一些诗，虽然不懂得究竟是什么意思，可是读起来还是很有趣味（大意）。这种趣味大概一部分在那些字面儿的影象上，一部分就在那七言律诗的音乐上。字面儿的影象引起人们奇丽的感觉；这种影象所表示的往往是珍奇、华丽的景物，平常人不容易接触到的，所谓“七宝楼台”之类。民间文艺里常常见到的“牙床”等等，也正是这种作用。民间流行的小调以音乐为主，而不注重词句，欣赏也偏重在音乐上，跟吟诵诗文也正相同。感觉的享受似乎是直接的、本能的，即使是字面儿的影象所引起的感觉，也还多少有这种情形，至于小调和吟诵，更显然直接诉诸听觉，难怪容易唤起普遍的趣味和快感。至于意义的欣赏，得靠综合诸感觉的想象力，这个得有长期的教养才成。然而就像教养很深的梁启超先生，有时也还让感觉领着走，足见感觉的力量之大。

小说的“百读不厌”，主要的是靠了故事或情节。人们在儿童时代就爱听故事，尤其爱奇怪的故事。成人也还是爱故事，不过那情节得复杂些。这些故事大概总是神仙、武侠、才子、佳人，经过种种悲欢离合，而以大团圆终场。悲欢离合总得不同寻常，那大团圆才足奇。小说本来起于民间，起于农民和小市民之间。在封建社会里，农民和小市民是受着重重压迫的，他们没有多少自由，却有做白日梦的自由。他们寄托他们的希望于超现实的神仙、神仙化的武侠，以及望之若神仙的上层社会的才子佳人；他们希望有朝一日自己会变成了这样的人物。这自然是不能实现的奇迹，可是能够给他们安慰、趣味和快感。他们要大团圆，正因为他们一辈子是难得大团圆的，奇情也正是常情啊。他们同情故事中的人物，“设身处地”地“替古人担忧”，这也因为事奇人奇的原故。过去的小说似乎始终没有完全移交到士大夫的手里。士大夫读小说，只是看闲书，就是作小说，也只是游戏文章，总而言之，消遣而已。他们得化装为小市民来欣赏，来写作；在他们看，小说奇于事实，只是一种玩艺儿，所以不能认真、严肃，只是消遣而已。

封建社会渐渐垮了，五四时代出现了个人，出现了自我，同时成立了新文学。新文学提高了文学的地位；文学也给人知识，也教给人怎样做人，不是做别人的，而是做自己的人。可是这时候写作新文学和阅读新文学的，只是那变了质的下降的士和那变了质的上升的农民和小市民混合成的知识阶级，别的人是不愿来或不能来参加的。而新文学跟过去的诗文和小说不同之处，就在它是认真地负着使命。早期的反封建也罢，后来的反帝国主义也罢，写实的也罢，浪漫的和感伤的也罢，文学作品总是一本正经地在表现着并且批评着生活。这么着文学扬弃了消遣的气氛，回到了严肃——古代贵族的文学如《诗经》，倒本来是严肃的。这负着严肃的使命的文学，自然不再注重“传奇”，不再注重趣味和快感，读起来也得正襟危坐，跟读经典差不多，不能再那么马马虎虎、随随便便的。但是究竟是形象化的，诉诸情感的，跟经典以冰冷的抽象的理智的教训为主不同，又是现代的白话，没有那些语言的和历史的问题，所以还能够吸引许多读者自动去读。不过教人“百读不厌”甚至教人想去重读一遍的作用，的确是很少了。

新诗或白话诗，和白话文，都脱离了那多多少少带着人工的、音乐的声调，而用着接近说话的声调。喜欢古诗、律诗和骈文、古文的失望了，他们尤其反对这不能吟诵的白话新诗；因为诗出于歌，一直不曾跟音乐完全分家，他们是不愿扬弃这个传统的。然而诗终于转到意义中心的阶段了。古代的音乐是一种说话，所谓“乐语”，后来的音乐独立发展，变成“好听”为主了。现在的诗既负上自觉的使命，它得说出人人心中所欲言而不能言的，自然就不注重音乐而注重意义了。——一方面音乐大概也在渐渐注重意义，回到说话罢？——字面儿的影象还是用得着，不过一般的看起来，影象本身，不论是鲜明的、朦胧的、可以独立地诉诸感觉的，是不够吸引人了；影象如果必需得用，就要配合全诗的各部分完成那中心的意义，说出那要说的话。在这动乱时代，人们着急要说话，因为要说的话实在太多。小说也不注重故事或情节了，它的使命比诗更见分明。它可以不靠描写，只靠对话，说出所要说的。这里面神仙、武侠、才子、佳人，都不大出现了，偶然出现，也得打扮成平常人；是的，这时候的小说的人物，主要的是些平常人了，这是平民世纪啊。至于文，长篇议论文发展了工具性，让人们更如意地也更精密地说出他们的话，但是这已经成为诉诸理性的了。诉诸情感的是那发展在后的小品散文，就是那标榜“生活的艺术”，抒写“身边琐事”的。这倒是回到趣味中心，企图着教人“百读不厌”的，确乎也风行过一时。然而时代太紧张了，不容许人们那么悠闲；大家嫌小品文近乎所谓“软性”，丢下了它去找那“硬性”的东西。

文艺作品的读者变了质了，作品本身也变了质了，意义和使命压下了趣味，认识和行动压下了快感。这也许就是所谓“硬”的解释。“硬性”的作品得一本正经地读，自然就不容易让人“爱不释手”，“百读不厌”。于是“百读不厌”就不成其为评价的标准了，至少不成其为主要的标准了。但是文艺是欣赏的对象，它究竟是形象化的、诉诸情感的，怎么“硬”也不能“硬”到和论文或公式一样。诗虽然不必再讲那带几分机械性的声调，却不能不讲节奏，说话不也有轻重高低快慢吗？节奏合式，才能集中，才能够高度集中。文也有文的节奏，配合着意义使意义集中。小说是不注重故事或情节了，但也总得有些契机来表现生活和批评它；这些契机得费心思去选择和配合，才能够将那要说的话，要传达的意义，完整地说出来，传达出来。集中了的完整了的意义，才见出情感，才让人乐意接受，“欣赏”就是“乐意接受”的意思。能够这样让人欣赏的作品是好的，是否“百读不厌”，可以不论。在这种情形之下，笔者同意：《李有才板话》即使没有人想重读一遍，也不减少它的价值、它的好。

但是在我们的现代文艺里，让人“百读不厌”的作品也有的。例如鲁迅先生的《阿Q正传》、茅盾先生的《幻灭》《动摇》《追求》三部曲，笔者都读过不止一回，想来读过不止一回的人该不少罢。在笔者本人，大概是《阿Q正传》里的幽默和三部曲里的几个女性吸引住了我。这几个作品的好已经定论，它们的意义和使命大家也都熟悉，这里说的只是它们让笔者“百读不厌”的因素。《阿Q正传》主要的作用不在幽默，那三部曲的主要作用也不在铸造几个女性，但是这些却可能产生让人“百读不厌”的趣味。这种趣味虽然不是必要的，却也可以增加作品的力量。不过这里的幽默决不是油滑的、无聊的，也决不是为幽默而幽默，而女性也决不就是色情，这个界限是得弄清楚的。抗战期中，文艺作品尤其是小说的读众大大地增加了。增加的多半是小市民的读者，他们要求消遣，要求趣味和快感。扩大了的读众，有着这样的要求也是很自然的。长篇小说的流行就是这个要求的反应，因为篇幅长，故事就长，情节就多，趣味也就丰富了。这可以促进长篇小说的发展，倒是很好的。可是有些作者却因为这样的要求，忘记了自己的边界，放纵到色情上，以及粗劣的笑料上，去吸引读众，这只是迎合低级趣味。而读者贪读这一类低级的软性的作品，也只是沉溺，说不上“百读不厌”。“百读不厌”究竟是个赞词或评语，虽然以趣味为主，总要是纯正的趣味才说得上的。

一九四七年十月十日

论老实话

美国前国务卿贝尔纳斯退职后写了一本书，题为《老实话》。这本书中国已经有了不止一个译名，或作《美苏外交秘录》，或作《美苏外交内幕》，或作《美苏外交纪实》，“秘录”“内幕”和“纪实”都是“老实话”的意译。前不久笔者参加一个宴会，大家谈起贝尔纳斯的书，谈起这个书名。一个美国客人笑着说：“贝尔纳斯最不会说老实话！”大家也都一笑。贝尔纳斯的这本书是否说的全是“老实话”，暂时不论，他自题为《老实话》，以及中国的种种译名都含着“老实话”的意思，却可见无论中外，大家都在要求着“老实话”。贝尔纳斯自题这样一个书名，想来是表示他在做国务卿办外交的时候有许多话不便“老实说”，现在是自由了，无官一身轻了，不妨“老实说”了——原名直译该是《老实说》，还不是《老实话》。但是他现在真能自由地“老实说”，真肯那么地“老实说”吗？——那位美国客人的话是有他的理由的。

无论中外，也无论古今，大家都要求“老实话”，可见

“老实话”是不容易听到见到的。大家在知识上要求真实，他们要知道事实，寻求真理。但是抽象的真理，打破沙缸问到底，有的说可知，有的说不可知，至今纷无定论，具体的事实却似乎或多或少总是可知的。况且照常识上看来，总是先有事后才有理，而在日常生活里所要应付的也都是些事，理就包含在其中，在应付事的时候，理往往是不自觉的。因此强调就落到了事实上。常听人说“我们要明白事实的真相”，既说“事实”，又说“真相”，叠床架屋，正是强调的表现。说出事实的真相，就是“实话”。买东西叫卖的人说“实价”，问口供叫犯人“从实招来”，都是要求“实话”。人与人如此，国与国也如此。有些时事评论家常说美苏两强若是能够肯老实说出两国的要求是些什么东西，再来商量，世界的局面也许能够明朗化。可是又有些评论家认为两强的话，特别是苏联方面的，说得已经够老实了，够明朗化了。的确，自从去年维辛斯基在联合国大会上指名提出了“战争贩子”以后，美苏两强的话是越来越老实了，但是明朗化似乎还未见其然。

人们为什么不能不肯说实话呢？归根结底，关键是在利害的冲突上。自己说出实话，让别人知道自己的虚实，容易制自己。就是不然，让别人知道底细，也容易比自己抢先一着。在这个分配不公平的世界上，生活好像战争，往往是有你无我；因此各人都得藏着点儿自己，让人莫名其妙。于是乎钩心斗角，捉迷藏，大家在不安中猜疑着。向来有句老话，“知人知面不知心”，还有“逢人只说三分话，未可全抛一片心”，这种处世的格言正是教人别说实话，少说实话，也正是暗示那利害的冲突。我有人无，我多人少，我强人弱，说实话恐怕人来占我的便宜，强的要越强，多的要越多，有的要越有。我无人有，我少人多，我弱人强，说实话也恐怕人欺我不中用；弱的想变强，少的想变多，无的想变有。人与人如此，国与国又何尝不如此！

说到战争，还有句老实话，“兵不厌诈”！真的交兵“不厌诈”，钩心斗角，捉迷藏，耍花样，也正是个“不厌诈”！“不厌诈”，就是越诈越好，从不说实话少说实话大大地跨进了一步；于是乎模糊事实，夸张事实，歪曲事实，甚至于捏造事实！于是乎种种谎话，应有尽有，你想我是骗子，我想你是骗子。这种情形，中外古今大同小异，因为分配老是不公平，利害也老在冲突着。这样可也就更要求实话，老实话。老实话自然是有的，人们没有相当限度的互信，社会就不成其为社会了。但是实话总还太少，谎话总还太多，社会的和谐恐怕还远得很罢。不过谎话虽然多，全然出于捏造的却也少，因为不容易使人信。麻烦的是谎话里参实话，实话里参谎话——巧妙可也在这儿。日常的话多多少少是两参的，人们的互信就建立在这种两参的话上，人们的猜疑可也发生在这两参的话上。即如贝尔纳斯自己标榜的“老实话”，他的同国的那位客人就怀疑他在用好名字骗人。我们这些常人谁能知道他的话老实或不老实到什么程度呢?

人们在情感上要求真诚，要求真心真意，要求开诚相见或诚恳的态度。他们要听“真话”“真心话”，心坎儿上的，不是嘴边儿上的话，这也可以说是“老实话”。但是“心口如一”向来是难得的，“口是心非”恐怕大家有时都不免，读了奥尼尔的《奇异的插曲》就可恍然。“口蜜腹剑”却真成了小人。真话不一定关于事实，主要的是态度。可是，如前面引过的，“知人知面不知心”，不看什么人就掏出自己的心肝来，人家也许还嫌血腥气呢！所以交浅不能言深，大家一见面儿只谈天气，就是这个道理。所谓“推心置腹”，所谓“肺腑之谈”，总得是二三知己才成；若是泛泛之交，只能敷敷衍衍，客客气气，说一些不相干的门面话。这可也未必就是假的、虚伪的。他至少眼中有你。有些人一见面冷冰冰的，拉长了面孔，爱理人不理人的，可以算是“真”透了顶，可是那份儿过了火的“真”，有几个人受得住！本来彼此既不相知，或不深知，相干的话也无从说起，说了反容易出岔儿，乐得远远儿的，淡淡儿的，慢慢儿的，不过就是彼此深知，像夫妇之间，也未必处处可以说真话。“人心不同，各如其面”，一个人总有些不愿意叫别人知道的秘密，若是不顾忌着些个，怎样亲爱的也会碰钉子的。真话之难，就在这里。

真话虽然不一定关于事实，但是谎话一定不会是真话。假话却不一定就是谎话，有些甜言蜜语或客气话，说得过火，我们就认为假话，其实说话的人也许倒并不缺少爱慕与尊敬。存心骗人，别有作用，所谓“口蜜腹剑”的，自然当作别论。真话又是认真的话，玩话不能当作真话。将玩话当真话，往往闹别扭，即使在熟人甚至亲人之间。所以幽默感是可贵的。真话未必是好听的话，所谓“苦口良言”“药石之言”“忠言”“直言”，往往是逆耳的，一片好心往往倒得罪了人。可是人们又要求“直言”，专制时代“直言极谏”是选用人才的一个科目，甚至现在算命看相的，也还在标榜“铁嘴”，表示直说，说的是真话、老实话。但是这种“直言”“直说”大概是不至于刺耳至少也不至于太刺耳的。又是“直言”，又不太刺耳，岂不两全其美吗！不过刺耳也许还可忍耐，刺心却最难宽恕；直说遭怨，直言遭忌，就为刺了别人的心——小之被人骂为“臭嘴”，大之可以杀身。所以不折不扣的“直言极谏”之臣，到底是寥寥可数的。直言刺耳，进而刺心，简直等于相骂，自然会叫人生气，甚至于翻脸。反过来，生了气或翻了脸，骂起人来，冲口而出，自然也多直言、真话、老实话。

人与人是如此，国与国在这里却不一样。国与国虽然也讲友谊，和人与人的友谊却不相当，亲谊更简直是没有。这中间没有爱，说不上“真心”，也说不上“真话”“真心话”。倒是不缺少客气话，所谓外交辞令；那只是礼尚往来，彼此表示尊敬而已。还有，就是条约的语言，以利害为主，有些是互惠，更多是偏惠，自然是弱小吃亏。这种条约倒是“实话”，所以有时得有秘密条款，有时更全然是密约。条约总说是双方同意的，即使只有一方是“欣然同意”。不经双方同意而对一方有所直言，或彼此相对直言，那就往往是谴责，也就等于相骂。像去年联合国大会以后的美苏两强，就是如此。话越说得老实，也就越尖锐化，当然，翻脸倒是还不至于的。这种老实话一方面也是宣传。照一般的意见，宣传决不会是老实话。然而美苏两强互相谴责，其中的确有许多老实话，也的确有许多人信这一方或那一方，两大阵营对垒的形势因此也越见分明，世界也越见动荡。这正可见出宣传的力量。宣传也有各等各样。毫无事实的空头宣传，不用说没人信，有事实可也参点儿谎，就有信的人。因为有事实就有自信，有自信就能多多少少说出些真话，所以教人信。自然，事实越多越分明，信的人也就越多。但是有宣传，也就有反宣传，反宣传意在打消宣传。判断当然还得凭事实。不过正反错综，一般人眼花缭乱，不胜其麻烦，就索性一句话抹杀，说一切宣传都是谎！可是宣传果然都是谎，宣传也就不会存在了，所以还当分别而论。即如贝尔纳斯将他的书自题为《老实说》，或《老实话》，那位美国客人就怀疑他在自我宣传；但是那本书总不能够全是谎罢？一个人也决不能够全靠撒谎而活下去，因为那么着他就掉在虚无里，就没了。

一九四八年二月二十四日

谈抽烟

有人说："抽烟有什么好处？还不如吃点口香糖，甜甜的，倒不错。"不用说，你知道这准是外行。口香糖也许不错，可是喜欢的怕是女人孩子居多；男人很少赏识这种玩意儿的；除非在美国，那儿怕有些个例外。一块口香糖得咀嚼老半天，还是嚼不完，凭你怎样斯文，那朵颐的样子，总遮掩不住，总有点儿不雅相。这其实不像抽烟，倒像衔橄榄。你见过衔着橄榄的人？腮帮子上凸出一块，嘴里不时地滋儿滋儿的。抽烟可用不着这么费劲；烟卷儿尤其省事，随便一叨上，悠然地就吸起来，谁也不来注意你。抽烟说不上是什么味道；勉强说，也许有点儿苦吧。但抽烟的不稀罕那"苦"而稀罕那"有点儿"。他的嘴太闷了，或者太闲了，就要这么点儿来凑个热闹，让他觉得嘴还是他的。嚼一块口香糖可就太多，甜甜的，够多腻味；而且有了糖也许便忘记了"我"。

抽烟其实是个玩意儿。就说抽卷烟吧，你打开匣子或罐子，抽出烟来，在桌上顿几下，衔上，擦洋火，点上。这其间每一个动作都带股劲儿，像做戏一般。自己也许不觉得，但到没有烟抽的时候，便觉得了。那时候你必然闲得无聊；特别是两只手，简直没放处。再说那吐出的烟，袅袅地缭绕着，也够你一回两回地捉摸；它可以领你走到顶远的地方去。——即便在百忙当中，也可以让你轻松一会儿。所以老于抽烟的人，一叼上烟，真能悠然遐想。他霎时间是个自由自在的身子，无论他是靠在沙发上的绅士，还是蹲在台阶上的瓦匠。有时候他还能够叼着烟和人说闲话；自然有些含含糊糊的，但是可喜的是那满不在乎的神气。这些大概也算得游戏三昧吧。

好些人抽烟，为的有个伴儿。譬如说一个人单身住在北平，和朋友在一块儿，倒是有说有笑的，回家来，空房子像水一样。这时候他可以摸出一支烟抽起来，借点儿暖气。黄昏来了，屋子里的东西只剩些轮廓，暂时懒得开灯，也可以点上一支烟，看烟头上的火一闪一闪的，像亲密的低语，只有自己听得出。要是生气，也不妨迁怒一下，使劲儿吸它十来口。客来了，若你倦了说不得话，或者找不出可说的，干坐着岂不着急？这时候最好拈起一支烟将嘴堵上等你对面的人。若是他也这么办，便尽时间在烟子里爬过去。各人抓着一个新伴儿，大可以盘桓一会儿的。

从前抽水烟旱烟，不过一种不伤大雅的嗜好，现在抽烟却成了派头。抽烟卷儿指头黄了，由它去。用烟嘴不独麻烦，也小气，又跟烟隔得那么老远的。今儿大褂上一个窟窿，明儿坎肩上一个，由它去。一支烟里的尼古丁可以毒死一个小麻雀，也由它去。总之，别别扭扭的，其实也还是个“满不在乎”罢了。烟有好有坏，味有浓有淡，能够辨味的是内行，不择烟而抽的是大方之家。

论自己

翻开辞典，“自”字下排列着数目可观的成语，这些“自”字多指自己而言。这中间包括着一大堆哲学，一大堆道德，一大堆诗文和废话，一大堆人，一大堆我，一大堆悲喜剧。自己“真乃天下第一英雄好汉”，有这么些可说的，值得说值不得说的！难怪纽约电话公司研究电话里最常用的字，在五百次通话中会发现三千九百九十次的“我”。这“我”字便是自己称自己的声音，自己给自己的名儿。

自爱自怜！真是天下第一英雄好汉也难免的，何况区区寻常人！冷眼看去，也许只觉得那妄自尊大狂妄得可笑；可是这只见了真理的一半儿。掉过脸儿来，自爱自怜确也有不得不自爱自怜的。幼小时候有父母爱怜你，特别是有母亲爱怜你。到了长大成人，“娶了媳妇儿忘了娘”，娘这样看时就不必再爱怜你，至少不必再像当年那样爱怜你。——女的呢，“嫁出门的女儿，泼出门的水”；做母亲的虽然未必这样看，可是形格势禁而且鞭长莫及，就是爱怜得着，也只算找补点罢了。爱人该爱怜你？然而爱人们的嘴一例是甜蜜的，谁能说“你泥中有我，我泥中有你！”真有那么回事儿？赶到爱人变了太太，再生了孩子，你算成了家，太太得管家管孩子，更不能一心儿爱怜你。你有时候会病，“久病床前无孝子”，太太怕也够倦的，够烦的。住医院？好，假如有运气住到像当年北平协和医院样的医院里去，倒是比家里强得多。但是护士们看护你，是服务，是工作；也许夹上点儿爱怜在里头，那是“好生之德”，不是爱怜你，是爱怜“人类”。——你又不能老呆在家里，一离开家，怎么着也算“作客”；那时候更没有爱怜你的。可以有朋友招呼你；但朋友有朋友的事儿，哪能叫他将心常放在你身上？可以有属员或仆役伺候你，那——说得上是爱怜么？总而言之，天下第一爱怜自己的，只有自己；自爱自怜的道理就在这儿。

再说：“大丈夫不受人怜。”穷有穷干，苦有苦干；世界那么大，凭自己的身手，哪儿就打不开一条路？何必老是向人愁眉苦脸唉声叹气的！愁眉苦脸不顺耳，别人会来爱怜你？自己免不了伤心的事儿，咬紧牙关忍着，等些日子，等些年月，会平静下去的。说说也无妨，只别不拣时候不看地方老是向人叨叨，叨叨得谁也不耐烦地岔开你或者躲开你。也别怨天怨地将一大堆感叹的句子向人身上扔过去。你怨的是天地，倒碍不着别人，只怕别人奇怪你的火气怎么这样大。——自己也免不了吃别人的亏。值不得计较的，不做声吞下肚去。出入大的想法子复仇，力量不够，卧薪尝胆地准备着。可别这儿那儿尽嚷嚷——嚷嚷完了一扔开，倒便宜了那欺负你的人。“好汉胳膊折了往袖子里藏”，为的是不在人面前露怯相，要人爱怜这“苦人儿”似的，这是要强，不是装。说也怪，不受人怜的人倒是能得人怜的人；要强的人总是最能自爱自怜的人。

大丈夫也罢，小丈夫也罢，自己其实是渺乎其小的，整个儿人类只是一个小圆球上一些碳水化合物，像现代一位哲学家说的，别提一个人的自己了。庄子所谓马体一毛，其实还是放大了看的。英国有一家报纸登过一幅漫画，画着一个人，仿佛在一间铺子里，周遭陈列着从他身体里分析出来的各种元素，每种标明分量和价目，总数是五先令——那时合七元钱。现在物价涨了，怕要合国币一千元了罢？然而，个人的自己也就值区区这一千元儿！自己这般渺小，不自爱自怜着点又怎么着！然而，“顶天立地”的是自己，“天地与我并生，万物与我为一”的也是自己；有你说这些大处只是好听的话语、好看的文句？你能愣说这样的自己没有！有这么的自己，岂不更值得自爱自怜的？再说自己的扩大，在一个寻常人的生活里也可见出。且先从小处看。小孩子就爱搜集各国的邮票，正是在扩大自己的世界。从前有人劝学世界语，说是可以和各国人通信。你觉得这话幼稚可笑？可是这未尝不是扩大自己的一个方向。再说这回抗战，许多人都走过了若干地方，增长了若干阅历。特别是青年人身上，你一眼就看出来，他们是和抗战前不同了，他们的自己扩大了。——这样看，自己的小，自己的大，自己的由小而大，在自己都是好的。

自己都觉得自己好，不错；可是自己的确也都爱好。做官的都爱做好官，不过往往只知道爱做自己家里人的好官，自己亲戚朋友的好官；这种好官往往是自己国家的贪官污吏。做盗贼的也都爱做好盗贼——好喽啰、好伙伴、好头儿，可都只在贼窝里。有大好，有小好，有好得这样坏。自己关闭在自己的丁点大的世界里，往往越爱好越坏。所以非扩大自己不可。但是扩大自己得一圈儿一圈儿的，得充实，得踏实。别像肥皂泡儿，一大就裂。“大丈夫能屈能伸”，该屈的得屈点儿，别只顾伸出自己去。也得估计自己的力量。力量不够的话，“人一能之，己百之，人十能之，己千之”；得寸是寸，得尺是尺。总之路是有的。看得远，想得开，把得稳；自己是世界的时代的一环，别脱了节才真算好。力量怎样微弱，可是是自己的。相信自己，靠自己，随时随地尽自己的一份儿往最好里做去，让自己活得有意思，一时一刻一分一秒都有意思。这么着，自爱自怜才真是有道理的。

一九四二年九月一日

论别人

有自己才有别人，也有别人才有自己。人人都懂这个道理，可是许多人不能行这个道理。本来自己以外都是别人，可是有相干的，有不相干的。可以说是“我的”那些，如我的父母妻子、我的朋友等，是相干的别人，其余的是不相干的别人。相干的别人和自己合成家族亲友；不相干的别人和自己合成社会国家。自己也许愿意只顾自己，但是自己和别人是相对的存在，离开别人就无所谓自己，所以他得顾到家族亲友，而社会国家更要他顾到那些不相干的别人。所以“自了汉”不是好汉，“自顾自”不是好话，“自私自利”“不顾别人死活”“只知有己，不知有人”的，更都不是好人。所以孔子之道只是个忠恕：忠是己之所欲，以施于人，恕是“己所不欲，勿施于人”。这是一件事的两面，所以说“一以贯之”。孔子之道，只是教人为别人着想。

可是儒家有“亲亲之杀”的话，为别人着想也有个层次。家族第一，亲戚第二，朋友第三，不相干的别人挨边儿。几千年来顾家族是义务，顾别人多多少少只是义气；义务是分内，义气是分外。可是义务似乎太重了，别人压住了自己。这才来了“五四”时代。这是个自我解放的时代，个人从家族的压迫下挣出来，开始独立在社会上。于是乎自己第一，高于一切，对于别人，几乎什么义务也没有了似的。可是又都要改造社会，改造国家，甚至于改造世界，说这些是自己的责任。虽然是责任，却是无限的责任，爱尽不尽，爱尽多少尽多少；反正社会国家世界都可以只是些抽象名词，不像一家老小在张着嘴等着你。所以自己顾自己，在实际上第一，兼顾社会国家世界，在名义上第一。这算是义务。顾到别人，无论相干的不相干的，都只是义气，而且是客气。这些解放了的，以及生得晚没有赶上那种压迫的人，既然自己高于一切，别人自当不在眼下，而居然顾到别人，自当算是客气。其实在这些天之骄子各自的眼里，别人都似乎为自己活着，都得来供养自己才是道理。“我爱我”成为风气，处处为自己着想，说是“真”；为别人着想倒说是“假”，是“虚伪”。可是这儿“假”倒有些可爱，“真”倒有些可怕似的。

为别人着想其实也只是从自己推到别人，或将自己当作别人，和为自己着想并无根本的差异。不过推己及人，设身处地，确需要相当的勉强，不像“我爱我”那样出于自然。所谓“假”和“真”大概是这种意思。这种“真”未必就好，这种“假”也未必就是不好。读小说看戏，往往会为书中人戏中人捏一把汗，掉眼泪，所谓替古人担忧。这也是推己及人，设身处地；可是因为人和地只在书中戏中，并非实有，没有利害可计较，失去相干的和不相干的那分别，所以“推”“设”起来，也觉自然而然。作小说的演戏的就不能如此，得观察、揣摩、体贴别人的口气、身份、心理，才能达到“逼真”的地步。特别是演戏，若不能忘记自己，那非糟不可。这个得勉强自己，训练自己；训练越好，越“逼真”，越美，越能感染读者和观众。如果“真”是“自然”，小说的读者、戏剧的观众那样为别人着想，似乎不能说是“假”。小说的作者、戏剧的演员的观察、揣摩、体贴，似乎“假”，可是他们能以达到“逼真”的地步，所求的还是“真”。在文艺里为别人着想是“真”，现实生活里却说是“假”“虚伪”，似乎是利害的计较使然；利害的计较是骨子，“真”“假”“虚伪”只是好看的门面罢了。计较利害过了分，真是像法朗士说的“关闭在自己的牢狱里”；老那么关闭着，非死不可。这些人幸而还能读小说看戏，该仔细吟味，从那里学习学习怎样为别人着想。

“五四”以来，集团生活发展。这个那个集团和家族一样是具体的，不像社会国家有时可以只是些抽象名词。集团生活将原不相干的别人变成相干的别人，要求你也训练你顾到别人，至少是那广大的相干的别人。集团的约束力似乎一直在增强中，自己不得不为别人着想。那自己第一、自己高于一切的信念似乎渐渐低下头去了。可是来了抗战的大时代。抗战的力量无疑地出于二十年来集团生活的发展。可是抗战以来，集团生活发展得太快了，这儿那儿不免有多少还不能够得着均衡的地方。个人就又出了头，自己就又可以高于一切；现在却不说什么“真”和“假”了，只凭着神圣的抗战的名字做那些自私自利的事，名义上是顾别人，实际上只顾自己。自己高于一切，自己的集团或机关也就高于一切；自己肥，自己机关肥，别人瘦，别人机关瘦，乐自己的，管不着！——瘦瘪了，饿死了，活该！相信最后的胜利到来的时候，别人总会压下那些猖獗的卑污的自己的。这些年自己实在太猖獗了，总盼望压下它的头去。自然，一个劲儿顾别人也不一定好。仗义忘身，急人之急，确是英雄好汉，但是难得见。常见的不是敷衍妥协的乡愿，就是卑屈甚至谄媚的可怜虫，这些人只是将自己丢进了垃圾堆里！可是，有人说得好，人生是个比例问题。目下自己正在张牙舞爪的，且头痛医头，脚痛医脚，先来多想想别人罢！

一九四二年八月十六日

论诚意

诚伪是品性，却又是态度。从前论人的诚伪，大概就品性而言。诚实、诚笃、至诚，都是君子之德；不诚便是诈伪的小人。品性一半是生成，一半是教养；品性的表现出于自然，是整个儿的为人。说一个人是诚实的君子或诈伪的小人，是就他的行迹总算账。君子大概总是君子，小人大概总是小人。虽然说气质可以变化，盖了棺才能论定人，那只是些特例。不过一个社会里，这种定型的君子和小人并不太多，一般常人都浮沉在这两界之间。所谓浮沉，是说这些人自己不能把握住自己，不免有诈伪的时候。这也是出于自然。还有一层，这些人对人对事有时候自觉地加减他们的诚意，去适应那局势。这就是态度。态度不一定反映出品性来；一个诚实的朋友到了不得已的时候，也会撒个谎什么的。态度出于必要，出于处世的或社交的必要，常人是免不了这种必要的。这是“世故人情”的一个项目。有时可以原谅，有时甚至可以容许。态度的变化多，在现代多变的社会里也许更会使人感兴趣些。我们嘴里常说的，笔下常写的“诚恳”“诚意”和“虚伪”等词，大概都是就态度说的。

但是一般人用这几个词似乎太严格了一些。照他们的看法，不诚恳无诚意的人就未免太多。而年轻人看社会上的人和事，除了他们自己以外差不多尽是虚伪的。这样用“虚伪”那个词，又似乎太宽泛了一些。这些跟老先生们开口闭口说“人心不古，世风日下”同样犯了笼统的毛病。一般人似乎将品性和态度混为一谈，年轻人也如此，却又加上了“天真”“纯洁”种种幻想。诚实的品性确是不可多得，但人孰无过，不论哪方面，完人或圣贤总是很少的。我们恐怕只能宽大些，卑之无甚高论，从态度上着眼。不然无谓的烦恼和纠纷就太多了。至于天真纯洁，似乎只是儿童的本分——老气横秋的儿童实在不顺眼。可是一个人若总是那么天真纯洁下去，他自己也许还没有什么，给别人的麻烦却就太多。有人赞美“童心”“孩子气”，那也只限于无关大体的小节目，取其可以调剂调剂平板的氛围气。若是重要关头也如此，那时天真恐怕只是任性，纯洁恐怕只是无知罢了。幸而不诚恳、无诚意、虚伪等等已经成了口头禅，一般人只是跟着大家信口说着，至多皱皱眉，冷笑笑，表示无可奈何的样子就过去了。自然也短不了认真的，那却苦了自己，甚至于苦了别人。年轻人容易认真，容易不满意，他们的不满意往往是社会改革的动力。可是他们也得留心，若是在诚伪的分别上认真得过了分，也许会成为虚无主义者。

人与人事与事之间各有分际，言行最难得恰如其分。诚意是少不得的，但是分际不同，无妨斟酌加减点儿。种种礼数或过场就是从这里来的。有人说礼是生活的艺术，礼的本意应该如此。日常生活里所谓客气，也是一种礼数或过场。有些人觉得客气太拘形迹，不见真心，不是诚恳的态度。这些人主张率性自然。率性自然未尝不可，但是得看人去。若是一见生人就如此这般，就有点野了。即使熟人，毫无节制的率性自然也不成。夫妇算是熟透了的，有时还得“相敬如宾”，别人可想而知。总之，在不同的局势下，率性自然可以表示诚意，客气也可以表示诚意，不过诚意的程度不一样罢了。客气要大方，合身份，不然就是诚意太多；诚意太多，诚意就太贱了。

看人、请客、送礼，也都是些过场。有人说这些只是虚伪的俗套、无聊的玩意儿。但是这些其实也是表示诚意的。总得心里有这个人，才会去看他，请他，送他礼，这就有诚意了。至于看望的次数、时间的长短、请作主客或陪客、送礼的情形，只是诚意多少的分别，不是有无的分别。看人又有回看，请客有回请，送礼有回礼，也只是回答诚意。古语说得好，“来而不往非礼也”，无论古今，人情总是一样的。有一个人送年礼，转来转去，自己送出去的礼物，有一件竟又回到自己手里。他觉得虚伪无聊，当作笑谈。笑谈确乎是的，但是诚意还是有的。又一个人路上遇见一个本不大熟的朋友向他说：

“我要来看你。”这个人告诉别人说：“他用不着来看我，我也知道他不会来看我，你瞧这句话才没意思哪！”那个朋友的诚意似乎是太多了。凌叔华女士写过一个短篇小说，叫做《外国规矩》，说一位青年留学生陪着一位旧家小姐上公园，尽招呼她这样那样的。她以为让他爱上了，哪里知道他行的只是“外国规矩”！这喜剧由于那位旧家小姐不明白新礼数、新过场，多估量了那位留学生的诚意。可见诚意确是有分量的。

人为自己活着，也为别人活着。在不伤害自己身份的条件下顾全别人的情感，都得算是诚恳，有诚意。这样宽大的看法也许可以使一些人活得更有兴趣些。西方有句话：“人生是做戏。”做戏也无妨，只要有心往好里做就成。客气等等一定有人觉得是做戏，可是只要为了大家好，这种戏也值得做的。另一方面，诚恳、诚意也未必不是戏。现在人常说，“我很诚恳地告诉你”“我是很有诚意的”，自己标榜自己的诚恳、诚意，大有卖瓜的说瓜甜的神气，诚实的君子大概不会如此。不过一般人也已习惯自然，知道这只是为了增加诚意的分量，强调自己的态度，跟买卖人的吆喝到底不是一回事儿。常人到底是常人，得跟着局势斟酌加减他们的诚意，变化他们的态度；这就不免沾上了些戏味。西方还有句话，“诚实是最好的政策”，“诚实”也只是态度；这似乎也是一句戏词儿。

论东西

中国读书人向来不大在乎东西。“家徒四壁”不失为书生本色，做了官得“两袖清风”才算好官；爱积聚东西的只是俗人和贪吏，大家是看不起的。这种不在乎东西可以叫做清德。至于像《世说新语》里记的：

> 王恭从会稽还，王大看之，见其坐六尺簟，因语恭：“卿东来，故应有此物。可以一领及我。”恭无言。大去后，即举所坐者送之。既无余席，便坐荐上。后大闻之，甚惊曰：“吾本谓卿多，故求耳。”对曰：“丈人不悉恭，恭作人无长物。”

“作人无长物”也是不在乎东西，不过这却是达观了。后来人常说“身外之物，何足计较！”一类话，也是这种达观的表现，只是在另一角度下。不为物累，才是自由人，“清”是从道德方面看，“达”是从哲学方面看，清是不浊，达是不俗，是雅。

读书人也有在乎东西的时候，他们有的有收藏癖。收藏的可只是书籍、字画、古玩、邮票之类。这些人爱逛逛书店，逛逛旧货铺、地摊儿，积少也可成多，但是不能成为大收藏家。大收藏家总得沾点官气或商气才成。大收藏家可认真地在乎东西，书生的爱美的收藏家多少带点儿游戏三昧。——他们随时将收藏的东西公诸同好，有时也送给知音的人，并不严封密裹，留着“子孙永宝用”。这些东西都不是实用品，这些爱美的收藏家也还不失为雅癖。日常的实用品，读书人是向来不在乎也不屑在乎的。事实上他们倒也短不了什么，一般地说，吃的穿的总有的。吃的穿的有了，别的短点儿也就没什么了。这些人可老是舍不得添置日用品，因此常跟太太们闹别扭。而在搬家或上路的时候，太太们老是要多带东西，他们老是要多丢东西，更会大费唇舌——虽然事实上是太太胜利的多。

现在读书人可也认真地在乎东西了，而且连实用品都一视同仁了。这两年东西实在涨得太快，电兔儿都追不上，一般读书人吃的穿的渐渐没把握；他们虽然还在勉力保持清德，但是那种达观却只好暂时搁在一边儿了。于是乎谈烟，谈酒，更开始谈柴米油盐布。这儿是第一回，先生们和太太们谈到一路上去了。酒不喝了，烟越抽越坏，越抽越少，而且在打主意戒了——将来收藏起烟斗烟嘴儿当古玩看。柴米油盐布老在想法子多收藏点儿，少消费点儿。什么都爱惜着，真做到了“一粥一饭当思来处不易”。这些人不但不再是痴聋的阿家翁，而且简直变成克家的令子了。那爱美的雅癖，不用说也得暂时地撂在一边儿。这些人除了职业的努力以外，就只在柴米油盐布里兜圈子，好像可怜见儿的。其实倒也不然。他们有那一把清骨头，够自己骄傲的。再说柴米油盐布里也未尝没趣味，特别是在现在这时候。例如今天忽然知道了油盐有公卖处，便宜那么多；今天知道了王老板家的花生油比张老板的每斤少五毛钱；今天知道柴涨了，幸而昨天买了三百斤收藏着。这些消息都可以教人带着胜利的微笑回家。这是挣扎，可也是消遣不是？能够在柴米油盐布里找着消遣的是有福的。在另一角度下，这也是达观或雅癖哪。

读书人大概不乐意也没本事改行，他们很少会摇身一变成为囤积居奇的买卖人的。他们现在虽然也爱惜东西，可是更爱惜自己；他们爱惜东西，其实也只能爱惜自己的。他们不用说爱惜自己需要的柴米油盐布，还有就只是自己箱儿笼儿里一些旧东西，书籍呀，衣服呀，什么的。这些东西跟着他们在自己的中国里流转了好多地方，几个年头，可是他们本人一向也许并不怎样在意这些旧东西，更不会跟它们亲热过一下子。可是东西越来越贵了，而且有的越来越少了，他们这才打开自己的箱笼细看，嘿！多么可爱呀，还存着这么多东西哪！于是乎一样样拿起来端详，越端详越有意思，越有劲儿，像多年不见的老朋友似的，不知道怎样亲热才好。有了这些，得闲儿就去摩挲一番，尽抵得上逛旧货铺、地摊儿，也尽抵得上喝一回好酒，抽几支好烟的。再说自己看自己原也跟别人看自己一般，压根儿是穷光蛋一个；这一来且不管别人如何，自己确是觉得富有了。瞧，寄售所、拍卖行，有的是，暴发户的买主有的是，今天拿去卖点儿，明天拿去卖点儿，总该可以贴补点儿吃的穿的。等卖光了，抗战胜利的日子也就到了，那时候这些读书人该是老脾气了，那时候他们会这样想："一些身外之物算什么哪，又都是破烂儿！咱们还是等着逛书店、旧货铺、地摊儿罢。"

论青年

冯友兰先生在《新事论·赞中华》篇里第一次指出现在一般人对于青年的估价超过老年之上。这扼要地说明了我们的时代。这是青年时代，而这时代该从五四运动开始。从那时起，青年人才抬起了头，发现了自己，不再仅仅地做祖父母的孙子、父母的儿子、社会的小孩子。他们发现了自己，发现了自己的群，发现了自己和自己的群的力量。他们跟传统斗争，跟社会斗争，不断地在争取自己领导权甚至社会领导权，要名副其实地做新中国的主人。但是，像一切时代一切社会一样，中国的领导权掌握在老年人和中年人的手里，特别是中年人的手里。于是乎来了青年的反抗，在学校里反抗师长，在社会上反抗统治者。他们反抗传统和纪律，用怠工，有时也用挺击。中年统治者记得五四以前青年的沉静，觉着现在青年爱捣乱，惹麻烦，第一步打算压制下去。可是不成。于是乎敷衍下去。敷衍到了难以收拾的地步，来了集体训练，开出新局面，可是还得等着瞧呢。

青年反抗传统，反抗社会，自古已然，只是一向他们低头受压，使不出大力气，见得沉静罢了。家庭里父代和子代闹别扭是常见的，正是压制与反抗的征象。政治上也有老少两代的斗争，汉朝的贾谊到戊戌六君子，例子并不少。中年人总是在统治的地位，老年人势力足以影响他们的地位时，就是老年时代，青年人势力足以影响他们的地位时，就是青年时代。老年和青年的势力互为消长，中年人却总是在位，因此无所谓中年时代。老年人的衰朽，是过去，青年人还幼稚，是将来，占有现在的只是中年人。他们一面得安慰老年人，培植青年人，一面也在讥笑前者，烦厌后者。安慰还是顺的，培植却常是逆的，所以更难。培植是凭中年人的学识经验做标准，大致要养成有为有守爱人爱物的中国人。青年却恨这种切近的典型的标准妨碍他们飞跃的理想。他们不甘心在理想还未疲倦的时候就被压进典型里去，所以总是挣扎着，在憧憬那海阔天空的境界。中年人不能了解青年人为什么总爱旁逸斜出不走正路，说是时代病。其实这倒是成德达材的大路；压迫的，挣扎着，材德的达成就在这两种力的平衡里。这两种力永恒地一步步平衡着，自古已然，不过现在更其表面化罢了。

青年人爱说自己是“天真的”“纯洁的”。但是看看这时代，老练的青年可真不少。老练却只是工于自谋，到了临大事，决大疑，似乎又见得幼稚了。青年要求进步，要求改革，自然很好，他们有的是奋斗的力量。不过大处着眼难，小处下手易，他们的饱满的精力也许终于只用在自己的物质的改革跟进步上；于是骄奢淫佚，无所不为，有利无义，有我无人。中年里原也不缺少这种人，效率却赶不上青年的大。眼光小还可以有一步路，便是做自了汉，得过且过地活下去；或者更退一步，遇事消极，马马虎虎对付着，一点不认真。中年人这两种也够多的。可是青年时就染上这些习气，未老先衰，不免更叫人毛骨悚然。所幸青年人容易回头，“浪子回头金不换”，不像中年人往往将错就错，一直沉到底里去。

青年人容易脱胎换骨改样子，是真可以自负之处；精力足，岁月长，前路宽，也是真可以自负之处。总之可能多。可能多倚仗就大，所以青年人狂。人说青年时候不狂，什么时候才狂？不错。但是这狂气到时候也得收拾一下，不然会忘其所以的。青年人爱讽刺，冷嘲热骂，一学就成，挥之不去；但是这只足以取快一时，久了也会无聊起来的。青年人骂中年人逃避现实、圆通、不奋斗、妥协，自有他们的道理。不过青年人有时候让现实笼罩住，伸不出头，张不开眼，只模糊地看到面前一段儿路，真是“前不见古人，后不见来者”。这又是小处。若是能够偶然到所谓“世界外之世界”里歇一下脚，也许可以将自己放大些。青年也有时候偏执不回，过去一度以为读书就不能救国就是的。那时蔡孑民先生却指出“读书不忘救国，救国不忘读书”。这不是妥协，而是一种权衡轻重的圆通观。懂得这种圆通，就可以将自己放平些。能够放大自己，放平自己，才有真正的“工作与严肃”，这里就需要奋斗了。

蔡孑民先生不愧人师，青年还是需要人师。用不着满口仁义道德，道貌岸然，也用不着一手摊经，一手握剑，只要认真而亲切地服务，就是人师。但是这些人得组织起来，通力合作。讲情理，可是不敷衍，重诱导，可还归到守法上。不靠婆婆妈妈气去乞怜青年人，不靠甜言蜜语去买好青年人，也不靠刀子手枪去示威青年人。只言行一致后先一致地按着应该做的放胆放手做去。不过基础得打在学校里；学校不妨尽量社会化，青年训练却还是得在学校里。学校好像实验室，可以严格地计划着进行一切；可不是温室，除非让它堕落到那地步。训练该注重集体的，集体训练好，个体也会改样子。人说教师只消传授知识就好，学生做人，该自己磨练去。但是得先有集体训练，教青年有胆量帮助人，制裁人，然后才可以让他们自己磨练去。这种集体训练的大任，得教师担当起来。现行的导师制注重个别指导，琐碎而难实践，不如缓办，让大家集中力量到集体训练上。学校以外倒是先有了集中训练，从集中军训起头，跟着来了各种训练班。前者似乎太单纯了，效果和预期差得多，后者好像还差不多。不过训练班至多只是百尺竿头更进一步，培植根基还得在学校里。在青年时代，学校的使命更重大了，中年教师的责任也更重大了，他们得任劳任怨地领导一群群青年人走上那成德达材的大路。

一九四四年六月九日

说　话

谁能不说话，除了哑子？有人这个时候说，那个时候不说。有人这个地方说，那个地方不说。有人跟这些人说，不跟那些人说。有人多说，有人少说。有人爱说，有人不爱说。哑子虽然不说，却也有那咿咿呀呀的声音、指指点点的手势。

说话并不是一件容易事。天天说话，不见得就会说话；许多人说了一辈子话，没有说好过几句话。所谓“辩士的舌锋”“三寸不烂之舌”等赞词，正是物稀为贵的证据；文人们讲究“吐属”，也是同样的道理。我们并不想做辩士、说客、文人，但是人生不外言动，除了动就只有言，所谓人情世故，一半儿是在说话里。古文《尚书》里说：“唯口，出好兴戎，”一句话的影响有时是你料不到的，历史和小说上有的是例子。

说话即使不比作文难，也决不比作文容易。有些人会说话不会作文，但也有些人会作文不会说话。说话像行云流水，不能够一个字一个字推敲，因而不免有疏漏散漫的地方，不如作文的谨严。但那些行云流水般的自然，却决非一般文章所及。——文章有能到这样境界的，简直当以说话论，不再是文章了。但是这是怎样一个不易到的境界！我们的文章、哲学里虽有“用笔如舌”一个标准，古今有几个人真能“用笔如舌”呢？不过文章不甚自然，还可成为功力一派，说话是不行的；说话若也有功力派，你想，那怕真够瞧的！

说话到底有多少种，我说不上。约略分别：向大家演说、讲解，乃至说书等是一种，会议是一种，公私谈判是一种，法庭受审是一种，向新闻记者谈话是一种；——这些可称为正式的。朋友们的闲谈也是一种，可称为非正式的。正式的并不一定全要拉长了面孔，但是拉长了的时候多。这种话都是成片段的，有时竟是先期预备好的。只有闲谈，可以上下古今，来一个杂拌儿；说是杂拌儿，自然零零碎碎，成片段的是例外。闲谈说不上预备，满是将话搭话，随机应变。说预备好了再去“闲”谈，那岂不是个大笑话？这种种说话，大约都有一些公式，就是闲谈也有——“天气”常是闲谈的发端，就是一例。但是公式是死的，不够用的，神而明之还在乎人。会说的教你眉飞色舞，不会说的教你昏头搭脑，即使是同一个意思，甚至同一句话。

中国人很早就讲究说话。《左传》《国策》《世说》是我们的三部说话的经典。一是外交辞令，一是纵横家言，一是清谈。你看他们的话多么婉转如意，句句字字打进人心坎里。还有一部《红楼梦》，里面的对话也极轻松、漂亮。此外汉代贾君房号为“语妙天下”，可惜留给我们的只有这一句赞词；明代柳敬亭的说书极有大名，可惜我们也无从领略。近年来的新文学，将白话文欧化，从外国文中借用了许多活泼的、精细的表现，同时暗示我们将旧来有些表现重新咬嚼一番。这却给我们的语言一种新风味、新力量。加以这些年说话的艰难，使一般报纸都变乖巧了，他们知道用侧面的、反面的、夹缝里的表现了。这对于读者是一种不容避免的好训练；他们渐渐敏感起来了，只有敏感的人，才能体会那微妙的咬嚼的味儿。这时期说话的艺术确有了相当的进步。论说话艺术的文字，从前著名的似乎只有韩非的《说难》，那是一篇剖析入微的文字。现在我们却已有了不少的精警之作，鲁迅先生的《立论》就是的。这可以证明我所说的相当的进步了。

中国人对于说话的态度，最高的是忘言，但如禅宗“教”人“将嘴挂在墙上”，也还是免不了说话。其次是慎言、寡言、讷于言。这三样又有分别：慎言是小心说话，小心说话自然就少说话，少说话少出错儿。寡言是说话少，是一种深沉或贞静的性格或品德。讷于言是说不出话，是一种浑厚诚实的性格或品德。这两种多半是生成的。第三是修辞或辞令。至诚的君子，人格的力量照彻一切的阴暗，用不着多说话，说话也无须乎修饰。只知讲究修饰，嘴边天花乱坠，腹中矛戟森然，那是所谓小人；他太会修饰了，倒叫人不信了。他的戏法总有让人揭穿的一日。我们是介在两者之间的平凡的人，没有那伟大的魄力，可也不至于忘掉自己。只是不能无视世故人情，我们看时候，看地方，看人，在礼貌与趣味两个条件之下，修饰我们的说话。这儿没有力，只有机智；真正的力不是修饰所可得的。我们所能希望的只是：说得少，说得好。

沉　默

沉默是一种处世哲学，用得好时，又是一种艺术。

谁都知道口是用来吃饭的，有人却说是用来接吻的。我说满没有错儿；但是若统计起来，口的最多的（也许不是最大的）用处，还应该是说话，我相信。按照时下流行的议论，说话大约也算是一种“宣传”，自我的宣传。所以说话彻头彻尾是为自己的事。若有人一口咬定是为别人，凭了种种神圣的名字；我却也愿意让步，请许我这样说：说话有时的确只是间接地为自己，而直接地算是为别人！

自己以外有别人，所以要说话；别人也有别人的自己，所以又要少说话或不说话。于是乎我们要懂得沉默。你若念过鲁迅先生的《祝福》，一定会立刻明白我的意思。

一般人见生人时，大抵会沉默的，但也有不少例外。常在火车轮船里，看见有些人迫不及待似地到处向人问讯、攀谈，无论那是搭客或茶房，我只有羡慕这些人的健康；因为在中国这样旅行中，竟会不感觉一点儿疲倦！见生人的沉默，大约由于原始的恐惧，但是似乎也还有别的。假如这个生人的名字，你全然不熟悉，你所能做的工作，自然只是有意或无意的防御——像防御一个敌人。沉默便是最安全的防御战略。你不一定要他知道你，更不想让他发现你的可笑的地方——一个人总有些可笑的地方不是？——你只让他尽量说他所要说的，若他是个爱说的人。末了你恭恭敬敬和他分别。假如这个生人，你愿意和他做朋友，你也还是得沉默。但是得留心听他的话，选出几处，加以简短的、相当的赞词；至少也得表示相当的同意。这就是知己的开场，或说起码的知己也可。假如这个人是你所敬仰的或未必敬仰的“大人物”，你记住，更不可不沉默！大人物的言语，乃至脸色眼光，都有异样的地方；你最好远远地坐着，让那些勇敢的同伴上前线去。——自然，我说的只是你偶然地遇着或随众访问大人物的时候。若你愿意专诚拜谒，你得另想办法；在我，那却是一件可怕的事。——你看看大人物与非大人物或大人物与大人物间谈话的情形，准可以满足，而不用从牙缝里迸出一个字。说话是一件费神的事，能少说或不说以及应少说或不说的时候，沉默实在是长寿之一道。至于自我宣传，诚哉重要——谁能不承认这是重要呢？——但对于生人，这是白费的；他不会领略你宣传的旨趣，只暗笑你的宣传热；他会忘记得干干净净，在和你一鞠躬或一握手以后。

朋友和生人不同，就在他们能听也肯听你的说话——宣传。这不用说是交换的，但是就是交换的也好。他们在不同的程度下了解你，谅解你；他们对于你有了相当的趣味和礼貌。你的话满足他们的好奇心，他们就趣味地听着；你的话严重或悲哀，他们因为礼貌的缘故，也能暂时跟着你严重或悲哀。在后一种情形里，满足的是你；他们所真感到的怕倒是矜持的气氛。他们知道“应该”怎样做；这其实是一种牺牲，“应该”也“值得”感谢的。但是即使在知己的朋友面前，你的话也还不应该说得太多；同样的故事、情感，和警句、隽语，也不宜重复地说。《祝福》就是一个好榜样。你应该相当地节制自己，不可妄想你的话占领朋友们整个的心——你自己的心，也不会让别人完全占领呀。你更应该知道怎样藏匿你自己。只有不可知、不可得的，才有人去追求；你若将所有的尽给了别人，你对于别人，对于世界，将没有丝毫意义，正和医学生实习解剖时用过的尸体一样。那时是不可思议的孤独，你将不能支持自己，而倾仆到无底的黑暗里去。一个情人常喜欢说：“我愿意将所有的都献给你！”谁真知道他或她所有的是些什么呢？第一个说这句话的人，只是表示自己的慷慨，至多也只是表示一种理想；以后跟着说的，更只是“口头禅”而已。所以朋友间，甚至恋人间，沉默还是不可少的。你的话应该像黑夜的星星，不应该像除夕的爆竹——谁稀罕那彻宵的爆竹呢？而沉默有时更有诗意。譬如在下午，在黄昏，在深夜，在大而静的屋子里，短时的沉默，也许远胜于连续不断的倦怠了的谈话。有人称这种境界为“无言之美”，你瞧，多漂亮的名字！——至于所谓“拈花微笑”，那更了不起了！

可是沉默也有不行的时候。人多时你容易沉默下去，一主一客时，就不准行。你的过分沉默，也许把你的生客惹恼了，赶跑了！倘使你愿意赶他，当然很好；倘使你不愿意呢，你就得不时地让他喝茶，抽烟，看画片，读报，听话匣子，偶然也和他谈谈天气，时局——只是复述报纸的记载，加上几个不能解决的疑问——总以引他说话为度。于是你点点头，哼哼鼻子，时而叹叹气，听着。他说完了，你再给起个头，照样地听着。但是我的朋友遇见过一个生客，他是一位准大人物，因某种礼貌关系去看我的朋友。他坐下时，将两手笼起，搁在桌上。说了几句话，就止住了，两眼炯炯地直看着我的朋友。我的朋友窘极，好容易陆陆续续地找出一句半句话来敷衍。这自然也是沉默的一种用法，是上司对属僚保持威严用的。用在一般交际里，未免太露骨了；而在上述的情形中，不为主人留一些余地，更属无礼。大人物以及准大人物之可怕，正在此等处。至于应付的方法，其实倒也有，那还是沉默；只消照样笼了手，和他对看起来，他大约也就无可奈何了罢？

撩天儿

《世说新语·品藻》篇有这么一段儿：

> 王黄门兄弟三人俱诣谢公。子猷、子重多说俗事，子敬寒温而已。既出，坐客问谢公："向三贤孰愈？"谢公曰："小者最胜。"客曰："何以知之？"谢公曰："'吉人之辞寡，躁人之辞多'，推此知之。"

王子敬只谈谈天气，谢安引《易系辞传》的句子称赞他话少的好。《世说》的作者记他的两位哥哥"多说俗事"，那么，"寒温"就是雅事了。"寡言"向来认为美德，原无雅俗可说；谢安所赞美的似乎是"寒温'而已'"，刘义庆所着眼的却似乎是"'寒温'而已"，他们的看法是不一样的。

"寡言"虽是美德，可是"健谈""谈笑风生"，自来也不失为称赞人的语句。这些可以说是美才，和美德是两回事，却并不互相矛盾，只是从另一角度看人罢了。只有"花言巧语"

才真是要不得的。古人教人寡言，原来似乎是给执政者和外交官说的。这些人的言语关系往往很大，自然是谨慎的好，少说的好。后来渐渐成为明哲保身的处世哲学，却也有它的缘故。说话不免陈述自己，评论别人。这些都容易落把柄在听话人的手里。旧小说里常见的“逢人只说三分话，未可全抛一片心”，就是教人少陈述自己。《女儿经》里的“张家长，李家短，他家是非你莫管”，就是教人少评论别人。这些不能说没有道理。但是说话并不一定陈述自己，评论别人，像谈谈天气之类。就是陈述自己，评论别人，也不一定就“全抛一片心”，或道“张家长，李家短”。“戏法人人会变，各有巧妙不同”，这儿就用得着那些美才了。但是“花言巧语”却不在这儿所谓“巧妙”的里头，那种人往往是别有用心的。所谓“健谈”“谈笑风生”，却只是无所用心的“闲谈”“谈天”“擦天儿”而已。

“擦天儿”最能表现“闲谈”的局面。一面是“天儿”，是“闲谈”少不了的题目，一面是“擦”，“闲谈”只是东牵西引那么回事。这“擦”字抓住了它的神儿。日常生活里，商量、和解，乃至演说、辩论等等，虽不是别有用心的说话，却还是有所用心的说话。只有“闲谈”，以消遣为主，才可以算是无所为的、无所用心的说话。人们是不甘静默的，爱说话是天性，不爱说话的究竟是很少的。人们一辈子说的话，总计起来，大约还是闲话多，废话多；正经话太用心了，究竟也是很少的。

人们不论怎么忙，总得有休息；“闲谈”就是一种愉快的休息。这其实是不可少的。访问、宴会、旅行等等社交的活动，主要的作用其实还是闲谈。西方人很能认识闲谈的用处。十八世纪的人说，说话是“互相传达情愫，彼此受用，彼此启发”的。十九世纪的人说，“谈话的本来目的不是增进知识，是消遣”。二十世纪的人说，“人的百分之九十九的谈话并不比苍蝇的哼哼更有意义些；可是他愿意哼哼，愿意证明他是个活人，不是个蜡人。谈话的目的，多半不是传达观念，而是要哼哼”。

“自然，哼哼也有高下；有的像蚊子那样不停地响，真叫人生气。可是在晚餐会上，人宁愿作蚊子，不愿作哑子。幸而大多数的哼哼是悦耳的，有些并且是快心的。”看！十八世纪还说“启发”，十九世纪只说“消遣”，二十世纪更只说“哼哼”，一代比一代干脆，也一代比一代透彻了。闲谈从天气开始，古今中外，似乎一例。这正因为天气是个同情的话题，无人不知，无人不晓，而又无需乎陈述自己或评论别人。刘义庆以为是雅事，便是因为谈天气是无所为的，无所用心的。但是后来这件雅事却渐渐成为雅俗共赏了；闲谈又叫“谈天”，又叫“撩天儿”，一面见出天气在闲谈里的重要地位，一面也见出天气这个话题已经普遍化到怎样程度。因为太普遍化了，便有人嫌它古老、陈腐；他们简直觉得天气是个俗不可耐的题目。于是天气有时成为笑料，有时跑到讽刺的笔下去。

有一回，一对未婚的中国夫妇到伦敦结婚登记局里，是下午三四点钟了，天上云沉沉的，那位管事的老头儿却还笑着招呼说："早晨好！天儿不错，不是吗？"朋友们传述这个故事，都当作笑话。鲁迅先生的《立论》也曾用"今天天气哈哈哈"讽刺世故人的口吻。那位老头儿和那种世故人来的原是"客套"话，因为太"熟套"了，有时就不免离了谱。但是从此可见谈天气并不一定认真地谈天气，往往只是招呼，只是应酬，至多也只是引子。笑话也罢，讽刺也罢，哼哼总得哼哼的，所以我们都不断地谈着天气。天气虽然是个老题目，可是风云不测、变化多端，未必就是个腐题目；照实际情形看，它还是个好题目。去年二月美大使詹森过昆明到重庆去。昆明的记者问他："此次经滇越路，比上次来昆，有何特殊观感？"他答得很妙："上次天气炎热，此次气候温和，天朗无云，旅行甚为平安舒适。"这是外交辞令，是避免陈述自己和评论别人的明显的例子。天气有这样的作用，似乎也就无可厚非了。

谈话的开始难，特别是生人相见的时候。从前通行请教"尊姓""台甫""贵处"，甚至"贵庚"等等，一半是认真——知道了人家的姓字，当时才好称呼谈话，虽然随后大概是忘掉的多——另一半也只是哼哼罢了。自从有了介绍的方式，这一套就用不着了。这一套里似乎只有"贵处"一问还可以就答案发挥下去；别的都只能一答而止，再谈下去，就非换题目不可，那大概还得转到天气上去，要不然，也得转到别的一些琐屑的节目上去，如“几时到的？路上辛苦吧？是第一次到这儿罢？”之类。用介绍的方式，谈话的开始更只能是这些节目。若是相识的人，还可以说“近来好吧？”“忙得怎么样？”等等。这些琐屑的节目像天气一样是哼哼调儿，可只是特殊的调儿，同时只能说给一个人听，不像天气是普通的调儿，同时可以说给许多人听。所以天气还是打不倒的谈话的引子——从这个引子可以或断或连地牵搭到四方八面去。

但是在变动不居的非常时代，大家关心或感兴趣的题目多，谈话就容易开始，不一定从天气下手。天气跑到讽刺的笔下，大概也就在这当儿。我们的正是这种时代。抗战，轰炸，政治，物价，欧战，随时都容易引起人们的谈话，而且尽够谈一个下午或一个晚上，无须换题目。新闻本是谈话的好题目，在平常日子，大新闻就能够取天气而代之，何况这时代，何况这些又都是关切全民族利害的！政治更是个老题目，向来政府常禁止人们谈，人们却偏爱谈。袁世凯、张作霖的时代，北平茶楼多挂着“莫谈国事”的牌子，正见出人们的爱谈国事来。但是新闻和政治总还是跟在天气后头的多，除了这些，人们爱谈的是些逸闻和故事。这又全然回到茶余酒后的消遣了。还有性和鬼，也是闲谈的老题目。据说美国有个化学家，专心致志地研究他的化学，差不多不知道别的，可就爱谈性，不惜一晚半晚地谈下去。鬼呢，我们相信的明明很少，有时候却也可以独占一个晚上。不过这些都得有个引子，单刀直入是很少的。

谈话也得看是哪一等人。平常总是地位差不多职业相近似的人聚会的时候多，话题自然容易找些。若是聚会里夹着些地位相殊或职业不近的人，那就难点儿。引子倒是有现成的，如上文所说种种，也尽够用了，难的是怎样谈下去。若是知识或见闻够广博的，自然可以抓住些新题目，适合这些特殊的客人的兴趣，同时还不至于冷落了别人。要不然，也可以发挥自己的熟题目，但得说成和天气差不多的雅俗共赏的样子。话题就难在这“共赏”或“同情”上头。不用说，题目的性质是一个决定的因子。可是无论什么地位什么职业的人，总还是人，人情是不相远的。谁都可以谈谈天气，就是眼前的好证据。虽然是自己的熟题目，只要拣那些听起来不费力而可以满足好奇心的节目发挥开去，也还是可以共赏的。这儿得留意隐藏着自己，自己的知识和自己的身份。但是“自己”并非不能作题目，“自己”也是人，只要将“自己”当作一个不多不少的“人”陈述着，不要特别爱惜，更不要得意忘形，人们也会同情的。自己小小的错误或愚蠢，不妨公诸同好，用不着爱惜。自己的得意，若有可以引起一般人兴趣的地方，不妨说是有一个人如此这般，或者以多报少，像不说“很知道”而说“知道一点儿”之类。用自己的熟题目，还有一层便宜处。若有大人物在座，能找出适合他的口味而大家也听得进去的话题，固然很好，可是万一说了外行话，就会引得那大人物或别的人肚子里笑，不如谈自己的倒是善于用短。无论如何，一番话总要能够叫座中人悦耳快心，暂时都忘记了自己的地位和职业才好。

有些人只愿意人家听自己的谈话。一个声望高、知识广、听闻多、记性强的人，往往能够独占一个场面，滔滔不绝地谈下去。他谈的也许是若干牵搭着的题目，也许只是一个题目。若是座中只三五个人，这也可以是一个愉快的场面，虽然不免有人抱向隅之感。若是人多了，也许就有另行找伴儿搭话的，那就有些煞风景了。这个独占场面的人若是声望不够高，知识和经验不够广，听话的可窘了。人多还可以找伴儿搭话，人少就只好干耗着，一面想别的。在这种聚会里，主人若是尽可能预先将座位安排成可分可合的局势，也许方便些。平常的闲谈可总是引申别人一点儿，自己也说一点儿，想着是别人乐意听听的；别人若乐意听下去，就多说点儿。还得让那默默无言的和冷冷儿的收起那长面孔，也高兴地听着。这才有意思。闲谈不一定增进人们的知识，可是对人对事得有广泛的知识，才可以有谈的；有些人还得常常读些书报，才不至于谈的老是那几套儿。并且得有好性儿，要不然，净闹别扭，真成了“话不投机半句多”了。记性和机智不用说也是少不得的。记性坏，往往谈得忽断忽连的，教人始而闷气，继而着急。机智差，往往赶不上点儿，对不上茬儿。闲谈总是断片的多，大段的需要长时间，维持场面不易。又总是报告的描写的多，议论少。议论不能太认真，太认真就不是闲谈；可也不能太不认真，太不认真就不成其为议论；得斟酌乎两者之间，所以难。议论自然可以批评人，但是得泛泛儿的，远远儿的；也未尝不可骂人，但是得用同情口吻。你说这是戏！人生原是戏。戏也是有道理的，并不一定是假的。闲谈要有意思；所谓“语言无味”，就是没有意思。不错，闲谈多半是废话，可是有意思的废话和没有意思的还是不一样。“又臭又长”，没有意思；重复、矛盾、老套儿，也没有意思。“又臭又长”也是机智差，重复和矛盾是记性坏，老套儿是知识或见闻太可怜见的。所以除非精力过人，谈话不可太多，时间不可太久，免得露了马脚。古语道，“言多必失”，这儿也用得着。

还有些人只愿意自己听人家的谈话。这些人大概是些不大能，或不大爱谈话的。世上或者有“一锥子也扎不出一句话”的，可是少。那不是笨货就是怪人，可以存而不论。平常所谓不能谈话的，也许是知识或见闻不够用，也许是见的世面少。这种人在家里，在亲密的朋友里，也能有说有笑的，一到了排场些的聚会，就哑了。但是这种人历练历练，能以成。也许是懒。这种人记性大概不好；懒得谈，其实也没谈的。还有，是矜持。这种人是“语不惊人死不休”的。他们在等着一句聪明的话，可是老等不着。——等得着的是“谈言微中”的真聪明人；这种人不能说是不能谈话，只能说是不爱谈话。不爱谈话的却还有深心的人；他们生怕露了什么口风，落了什么把柄似的，老等着人家开口。也还有谨慎的人，他们只是小心，不是深心；只是自己不谈或少谈，并不等着人家。这是明哲保身的人。向来所赞美的“寡言”，其实就是这样的人。但是“寡言”原来似乎是针对着战国时代“好辩”说的。后世有些高雅的人，觉得话多了就免不了说到俗事上去，爱谈话就免不了俗气，这和“寡言”的本义倒还近些。这些爱“寡言”的人也有他们的道理，谢安和刘义庆的赞美都是值得的。不过不能谈话不爱谈话的人，却往往更愿意听人家的谈话，人情究竟是不甘静默的。——就算谈话免不了俗气，但俗的是别人，自己只听听，也乐得的。一位英国的无名作家说过：“良心好，不愧于神和人，是第一件乐事，第二件乐事就是谈话。”就一般人看，闲谈这一件乐事其实是不可少的。

正　义

人间的正义是在哪里呢?

正义是在我们的心里！从明哲的教训和见闻的意义中，我们不是得着大批的正义么？但白白地搁在心里，谁也不去取用，却至少是可惜的事。两石白米堆在屋里，总要吃它干净，两箱衣服堆在屋里，总要轮流穿换，一大堆正义却扔在一旁，满不理会，我们真大方，真舍得！看来正义这东西也真贱，竟抵不上白米的一个尖儿、衣服的一个扣儿。——爽性用它不着，倒也罢了，谁都又装出一副发急的样子，张张皇皇地寻觅着。这个葫芦里卖的什么药？我的聪明的同伴呀，我真想不通了!

我不曾见过正义的面，只见过它的弯曲的影儿——在“自我”的唇边，在“威权”的面前，在“他人”的背后。

正义可以做幌子，一个漂亮的幌子，所以谁都愿意念着它的名字。“我是正经人，我要做正经事”，谁都向他的同伴这样隐隐地自诩着。但是除了用以“自诩”之外，正义对于他还有什么作用呢？他独自一个时，在生人中间时，早忘了它的名字，而去创造“自己的正义”了！他所给予正义的，只是让它的影儿在他的唇边闪烁一番而已。但是，这毕竟不算十分辜负正义，比那凭着正义的名字以行罪恶的，还胜一筹。可怕的正是这种假名行恶的人。他嘴里唱着正义的名字，手里却满满地握着罪恶；他将这些罪恶送给社会，粘上金碧辉煌的正义的签条送了去。社会凭着他所唱的名字和所粘的签条，欣然受了这份礼；就是明知道是罪恶，也还是欣然受了这份礼！易卜生“社会栋梁”一出戏，就是这种情形。这种人的唇边，虽更频繁地闪烁着正义的弯曲的影儿，但是深藏在他们心底的正义，只怕早已霉了，烂了，且将毁灭了。在这些人里，我见不着正义！

在亲子之间，师傅学徒之间，军官兵士之间，上司属僚之间，似乎有正义可见了，但是也不然。卑幼大抵顺从他们长上的，长上要施行正义于他们，他们诚然是不“能”违抗的——甚至“父教子死，子不得不死”一类话也说出来了。他们发见有形的扑鞭和无形的赏罚在长上们的背后，怎敢去违抗呢？长上们凭着威权的名字施行正义，他们怎敢不遵呢？但是你私下问他们：“信么？服么？”他们必摇摇他们的头，甚至还奋起他们的双拳呢！这正是因为长上们不凭着正义的名字而施行正义的缘故了。这种正义只能由长上行于卑幼，卑幼是不能行于长上的，所以是偏颇的；这种正义只能施于卑幼，而不能施于他人，所以是破碎的；这种正义受着威权的鼓弄，有时不免要扩大到它的应有的轮廓之外，那时它又是肥大的。这些仍旧只是正义的弯曲的影儿。不凭着正义的名字而施行正义，我在这等人里，仍旧见不着它！

在没有威权的地方，正义的影儿更弯曲了。名位与金钱的面前，正义只剩淡如水的微痕了。你瞧现在一班大人先生见了所谓督军等人的劲儿！他们未必愿意如此的，但是一当了面，估量着对手的名位，就不免心里一软，自然要给他一些面子——于是不知不觉地就敷衍起来了。至于平常的人，偶然见了所谓名流，也不免要吃一惊，那时就是心里有一百二十个不以为然，也只好姑且放下，另做出一番“足恭”的样子，以表倾慕之诚。所以一班达官通人，差不多是正义的化外之民，他们所做的都是合于正义的，乃至他们所做的就是正义了！——在他们实在无所谓正义与否了。呀！这样，正义岂不已经沦亡了？却又不然。须知我只说“面前”是无正义的，“背后”的正义却幸而还保留着。社会的维持，大部分或者就靠着这背后的正义罢。但是背后的正义，力量究竟是有限的，因为隔开一层，不由地就单弱了。一个为富不仁的人，背后虽然免不了人们的指摘，面前却只有恭敬。一个华服翩翩的人，犯了违警律，就是警察也要让他五分。这就是我们的正义了！我们的正义百分之九十九是在背后的，而在极亲近的人间，有时连这个背后的正义也没有！因为太亲近了，什么也可以原谅了，什么也可以马虎了，正义就任怎么弯曲也可以了。背后的正义只有存生疏的人们间。生疏的人们间，没有什么密切的关系，自然可以用上正义这个幌子。至于一定要到背后才叫出正义来，那全是为了情面的缘故。情面的根柢大概也是一种同情，一种廉价的同情。现在的人们只喜欢廉价的东西，在正义与情面两者中，就尽先取了情面，而将正义放在背后。在极亲近的人间，情面的优先权到了最大限度，正义就几乎等于零，就是在背后也没有了。背后的正义虽也有相当的力量，但是比起面前的正义就大大的不同，启发与戒惧的功能都如搀了水的薄薄的牛乳似的——于是仍旧只算是一个弯曲的影儿。在这些人里，我更见不着正义！

人间的正义究竟是在哪里呢？满藏在我们心里！为什么不取出来呢？它没有优先权！在我们心里，第一个尖儿是自私，其余就是威权、势力、亲疏、情面等等；等到这些角色一一演毕，才轮得到我们可怜的正义。你想，时候已经晚了，它还有出台的机会么？没有！所以你要正义出台，你就得排除一切，让它做第一个尖儿。你得凭着它自己的名字叫它出台。你还得抖擞精神，准备一副好身手，因为它是初出台的角儿，捣乱的人必多，你得准备着打——不打不成相识呀！打得站住了脚携住了手，那时我们就能从容地瞻仰正义的面目了。

一九二四年五月十四日